ラルーナ文庫

刑事に悩める恋の色

高月紅葉

三交社

CONTENTS

Illustration

小山田あみ

刑事に悩める恋の色

本作品はフィクションです。
実際の人物・団体・事件などにはいっさい関係ありません。

横浜から高速道路を使って三時間半。

静岡県を突っ切って愛知県へ入る。高速道路を降りてからはバイパスを抜け、県道沿いのコンビニで車を停《と》めた。大型トラックも利用できる広い駐車場だ。

田辺恂二《たなべじゅんじ》が店内へ入っていくのを横目で見て、三宅大輔《みやけだいすけ》は携帯電話を取り出した。

背中を預ける赤いクーペは田辺の愛車だ。海外メーカーの高級車で、よく走る。

大輔は車を持っていないが免許はあるので、運転を替わりながらここまで来た。ハンドルを握っていれば目的を思い出さずに済む。だから、ちょうど良い具合に気がまぎれた。

取り出した携帯電話で、これから向かう実家へ電話をかける。待ち構えていたかのようにコール一回で出てくる母親へ『もうすぐ着く』と告げた。無駄な長話が始まらないうちに手早く通話を終わらせた大輔のくちびるから無意識にため息が転げ出す。

「気が重いなら、やめてもいいよ」

アイスコーヒーを買って戻った田辺に、ひょいと覗《のぞ》き込まれた。

仕立てのいいシャツは紺のチェック柄で、センスがいい。それを肘《ひじ》までまくりあげ、ボトムは同系色のチノパン。ウェーブのかかった髪が額へさらりと落ちる。

顔にかけた眼鏡《めがね》は、度の入っていない伊達《だて》眼鏡だ。あるのとないのとでは、第一印象のインテリ度に差が出る。

「そうはいかないだろ……」

差し出されたアイスコーヒーを受け取って、大輔は眉《まゆ》をひそめた。ゴールデンウィークが終わり、季節はいよいよ初夏の雰囲気だ。

日差しが鋭く肌を突き刺し、景色は眩《まぶ》しいほど明るい。

「どれぐらいぶりに帰るんだっけ？」

田辺に聞かれた大輔は、コンビニを囲うフェンスの向こうへ目を向ける。青々として広がる畑を漫然と眺めた。田舎だ。畑の向こうは、さらに田んぼが続く。

「五年は帰ってないと思うけど……」

正しい数字はもうわからない。離婚の報告さえ、仕事が忙しいことを言い訳にして電話で済ませた。あれが三年ほど前だ。

「実家っていっても、俺が育ったのはもっと山に近いところ。いま、おふくろが住んでるのは、海の近くで、自分の実家だよ。親はふたりとも、そのあたりの出身でさ。俺も子どもの頃はよく行った」

「……あらたまった挨拶《あいさつ》をする必要はないんだよ」

優しい声で言われて、大輔は視線を田辺へ向けた。

眉をひそめて睨《にら》むように振る舞ったのは、田辺を見るのが恥ずかしかったからだ。

同じ男なのに、上等さがまるで違う。張り合うまでもなく、カッコイイと思ってしまう自分の素直さが照れくさい。

「でも……」

大輔は言いよどんだ。ふたりで大輔の実家へ行く。その行動の理由は、ただひとつ。関係を持続させるための絶対条件を果たさなければいけないからだ。

大輔は県警の組織犯罪対策課の刑事。田辺は情報源のインテリヤクザ。

投資詐欺をシノギにしている田辺の兄貴分は、大組織・大滝《おおたき》組のキレ者、若頭補佐の岩《いわ》下周平《したしゅうへい》だ。

数ヶ月前、大輔は同僚に陥れられ、拉致《らち》された。横恋慕からストーカーへと変貌《へんぼう》した男の策略で、レイプショーへ売り飛ばされそうになったのだ。最悪の事態の中で、岩下が偶然居合わせたことは、幸か不幸か。判断に困る。

主催者側へ口を利いてくれたおかげで、見世物にならず済んだ。その点では九死に一生を得た。しかし、相手が岩下とあっては、気が休まらない。

冷静になって振り返れば、おそろしいほど大きな『借り』だった。大輔を助けようと駆けつけてくれた田辺は、謝礼金として五百万円もの大金を要求された。

兄弟分だからこそケジメが肝要な世界だ。翌日にはきっちり耳を揃《そろ》えて支払った。大輔も出せるだけは出したいと申し出たが、結局、ヤクザ同士の話だからと拒まれていまに至る。田辺はそういう男だ。

「挨拶に行けと言われただけで、『恋人宣言』してこいとは言われなかった。だろ?」

いつになく真面目《まじめ》な顔で言われ、大輔は視線をそらした。

田辺はまた、自分だけの責任にしようとしている。謝礼金を黙って払ったように、これまで何度も、田辺は身を挺《てい》して大輔を守ってくれた。それを見過ごせたのは昔の話だ。

表裏の世界で暮らすふたりの関係は、もう七年近く続いている。

最初は肉体だけの仲だった。情報をもらう代わりに、大輔が身体《からだ》を差し出す。どちらも異性愛者なのに、ずるずると関係は続いた。

すでに結婚生活が破綻《はたん》していた大輔にとって、田辺から与えられる快楽は未知の感覚だった。女からは得られず、存在さえ知らなかった肉欲だ。

それがいつしか本当らしくなり、抜き差しならないと実感したのは拉致事件のさなかだ。田辺がいたから、大輔は恐怖に耐えられた。そうでなかったなら、平常心を保てたかどうか。大輔にも自信はない。

それぐらいに、被害者になるということはショッキングな出来事だ。

「いいのかよ。相手は、あの……、岩下の嫁だ」

大輔の言葉に、田辺はにやりと笑う。

「そうだよ。単なる『嫁』なんだから」

嘲《あざけ》るような口調が悪めいて、やっぱりヤクザだと思わせる。それを魅力的に感じてしまう自分がほんの少しだけ後ろめたい。

若頭補佐・岩下の嫁。旧姓・新条佐和紀《しんじょうさわき》。嫁といっても男だ。

組織犯罪対策の部署で知られるようになったのは結婚してからで、元々は生活安全課が対応してきたチンピラだ。

『こおろぎ組の狂犬』という通り名を持ち、組がバカにされたと言っては単身、金属バットを担いでカチコミをかける。街で売られたケンカは必ず買い、相手が立ち上がれなくなるまでぶちのめす。

聞けば、あきれるほどの暴れ者なのに、すこぶる付きに顔がいい。普段から眼鏡をかけているが、それでも驚くほどの美形だ。

田辺とは小さな悪事を働いた仲らしいが、関係はよくない。傍《はた》から見れば美形同士で絵になるが、それは新条佐和紀が結婚して小ぎれいになったからだ。

昔のふたりは、実力にも立場にも大きな差があり、佐和紀側に遺恨が残っている。いわゆる犬猿の仲だが、岩下に対して直接的な借りを作った田辺は彼を利用した。

金を渡しただけでは安心せず、口添えを依頼したのだ。実力者である岩下を抑えるには、愛妻を利用するのが一番だと、田辺は苦々しく語った。

そのとき、佐和紀から出された条件が、大輔の実家への挨拶だ。

筋を通すためのケジメなのか、単なるいやがらせなのか。田辺は後者だと断言したが、大輔にはどちらとも言えない。

岩下から嫌がらせを受ける不安と、佐和紀から出された条件は、物憂さにつり合いが取れているからだ。どちらも同じぐらいに重苦しい。

「挨拶に行った既成事実があれば、あとは俺がどうとでも切り抜けるから」

思った通りの発言を田辺にされて、大輔はむすっとした視線を向ける。

「それが嫌なんだよ。おまえばっかり……」

すぐに視線をはずして、顔をそむけた。

自分が背負えることはなにもない。ヤクザ側の話だ。頼みごとをして条件が出れば、それを飲むか、頼みごとをあきらめるか。ふたつに、ひとつだ。もしかしたら、飲むこと以外に選択肢がない可能性もある。

ヤクザを取り締まっていても、彼らの流儀は独特で、いまだに理解できないことも多い。

「大輔さん、そんなことはない」

田辺の声と一緒に視線を感じる。

「……もしそうなら、大輔さんよりも俺の方が幸せだってことになるね」

「なんでだよ」

振り向いて睨みつけると、田辺は優しい笑顔になった。

「俺の方がたくさん、あんたを愛してるってことだろ」

「……はぁ？」

意味がわからず、ただ恥ずかしい。あきれた顔をしてみせたが、熱くなる頬《ほお》は隠せず、全身がカァッと火照《ほて》り始める。大輔は慌ててアイスコーヒーを飲んだ。

たくさん愛していたらどうなるのか。なぜ、幸せということになるのか。聞いてみたいが、知るのは怖い。もしも、多く愛した方が勝ちなら、大輔は確実に負けている。でも、それが嬉《うれ》しい。そんなふうに思ってしまうから、世も末だ。たくさん愛されている自分の方が幸せだと、喉元《のどもと》まで出かかった言葉を飲み込み、

「トイレ、行ってくる……っ」

くるりと踵《きびす》を返した。瞬間、腕を引かれる。

「早く、キスがしたいな」

ぐっと引き寄せられ、耳元に甘くささやかれた。不意打ちの口説き文句に、大輔はぶるっと大きく震えた。半袖のポロシャツから出た腕にぶつぶつと鳥肌が立つ。

けれど、それもまた嫌悪ばかりが理由じゃない。

ほんの一時間前に、サービスエリアの片隅で濃厚なのをした。くちびるを塞《ふさ》がれ、息を奪われ、大輔はぎゅっと目を閉じた。立派に『ディープキス』だ。

なのに、まるで満たされていない。

「いま、そんなこと……。バカだろ。母親に会いに行くんだぞ……」

腕を振りほどいて、田辺の肩へ拳《こぶし》をぶつける。

痛がるそぶりも見せずに田辺が言った。

「あんまり深刻に考えないで。親しい友人として、離婚後の大輔さんと仲良くしてる……。それでいいんだから。いきなり男と付き合ってます、なんて……言われた方も困る」

だからネクタイは締めないでいくと言われ、それが正しいと思う一方で、気分は塞いだ。

人に言える関係じゃない。刑事じゃなくても、ヤクザじゃなくても。

「時間をかけて、わかってもらった方がいい」

田辺の静かな声が胸に染みて、大輔はじっと足元を見つめた。


海まで徒歩十五分の町にある小さな日本家屋が、いまの実家だ。

大輔の母親が引っ越したのは十年ほど前で、父親の亡くなったすぐあとだった。

祖父母の空き家を簡単にリフォームして暮らしている。

「泊まっていけばいいのに……。あぁ、お友達の分の布団がないわ。先に言ってくれたら、用意しておいたのよ」

和室のテーブルに湯のみを並べたばかりの母親は、せわしなく立ち動こうとして落ち着きがない。

「そうだ、いただいたお菓子を出しましょうか。都会のお菓子なんて、めったに見ないわ」

「いいから。ちょっと落ち着けよ」

日の当たる縁側に座っていた大輔は、重たいため息をつく。煙草《たばこ》を消して、這《は》うように座布団へ戻った。

「この近くに、古いホテルがあるだろ。目の前に小さい島があるところ。竹島《たけしま》だっけ？　そこに泊まりたいからって、一緒に来てくれたんだよ。車も出してくれたし、ふたりで泊まった方が宿代も浮くし、俺も今日はそっちに泊まるから」

「あら、そう。あそこのランチはたまに行くのよ。雰囲気があって素敵でねぇ」

語尾の『ねぇ』が呼びかけるようになるのは口癖だ。

最近毛染めしたらしく、白髪交じりだった髪は根元まで黒い。肌ツヤはいいが、目元や口元のシワは深く刻まれている。

いつのまにか、ぐっと年老いた。それが自分の離婚のせいだろうかと思うと、罪悪感に胸を刺される。まるでトゲだ。チクチクと痛い。

「そういえば、お名前……」

母親がにっこりと微笑《ほほえ》む。まず間違いなく、田辺が『イケメン』だからだ。

シャツの上に薄手のジャケットを羽織った男は、山手の奥様連中を軒並みぞっこんにさせて金を巻き上げるやり手の詐欺師だ。こんな田舎町の老婆ぐらいならイチコロだろう。

背筋をシャンと伸ばした田辺は、軽く会釈をしてから名乗った。

「田辺です。大輔さんとは、前の奥さんを通じて知り合った仲で……」

「まぁ、そう。倫子《のりこ》ちゃんの……。どうしているかしらねぇ」

ぼんやりとした口調でつぶやき、遠い目をして縁側の向こうを見た。

刑事の妻だった倫子は、愛人に溺《おぼ》れ、薬物へ手を出した。そのことを母親は知らない。大輔に落ち度があっての離婚だと信じているのだろう。小さくため息をついて、田辺へ向き直った。

「この子と仲良くしてくださって、ありがとうございます。仕事ばっかりするのは、父親の背中を見て育ったからで……、長所なんですけどねぇ。イマドキのお嬢さんにはつらかったんでしょう。田辺さん、ご結婚は？」

「……母さん」

失礼だと割って入る前に、

「これからです」

と田辺が答えた。

「あら、そう。田辺さんはモテるでしょうねぇ。お仕事はなにを？」

「金融業です」

「まぁ、ますますモテる感じ」

「母さん。ちょっと……」

テーブルに身を乗り出して止めると、細い肩をひょいとすくめた。ますます痩《や》せたようだが、口は達者だ。

「あんたも落ち着いた頃でしょう。田辺さんに、誰《だれ》か紹介してもらったら？　どうせ、恋人なんていないんでしょう」

懐かしい冷たさが胸をえぐる。母親という存在は、ときどき恐ろしいほど不躾《ぶしつけ》だ。家を出たというのに、まだ子ども扱いしてくる。

「いたって言わないけど……」

「いるの？」

「いない、いない」

笑って答え、まだ熱い緑茶を飲む。

「いい人がいたら、ぜひ、紹介してあげてくださいねぇ。このまま独り身だなんて、先々が寂しいだけだわ」

「母さん。しつこいから。……いいんだよ、俺は」

田辺の前で、女と付き合えとせっつかれるのは肩身が狭い。ぶっきらぼうに言うと、

「よくないわよ」

　母親が不機嫌そうに眉をひそめる。親子間に不穏な空気が流れたが、田辺は困惑するでもなく、おっとりと話に入ってきた。

「大輔さんの仕事は、誰にでもできることではないですし、いまはいいんじゃないかと思いますよ。僕は、彼の仕事に打ち込むところを、尊敬してます」

「えっ？」

　なにを言い出すのかと驚いて目を見張る。しかし、爽《さわ》やかな笑顔の田辺は、母親へ向かって話を続けていた。

「倫子さんのことも、彼ばかりが悪かったわけじゃないと知ってます。再婚されたそうですよ」

「なんで知ってるんだよ」

　と疑問を投げかける大輔の目の前で、母親がうんうんとうなずいた。

「知ってるわぁ。お手紙をもらってね……」

「え……。マジで」

「大輔に悪いことをしたって、書いてあって。なんだか、泣けちゃってねぇ……。再婚することをお許しくださいだなんて、ねぇ……。友達みんな泣いてたわ」

「もらった手紙を見せるのは、どうかと思うんだけど？」

「いいじゃない。倫子ちゃんにはわからないんだから」

「そういう問題かよ……」

　ぼやいた大輔の隣で、肩を揺らして笑った田辺が腕時計を見た。

「大輔さん。これからお墓参りですよね。そろそろ行かれた方が」

「あ、そうだ」

　すでに二時を回っている。のんびりしていると、夕方になりかねない。母親も気づいたらしく、腰を浮かせた。

「そうそう、お隣さんが車を貸してくれるから。大輔、あんた運転してね」

「……おまえも、行く？」

　田辺に向かい、なにげなく声をかける。腰をあげた母親が動きを止める。嫌がってはいない。客人の意思を尊重しようと待っているだけだ。

　ふたりからの視線を受け、田辺は首を横に振った。

「親子水入らずで、どうぞ。邪魔はしたくないので」

「邪魔じゃないけど。……ん？」

　答えた大輔は違和感を覚えて首を傾《かし》げた。見つめてくる田辺の目に戸惑いがある。それを察したらしく、母親が間に入った。

「お墓参りなんて楽しくないんだから。まだ、海を見ている方がいいじゃないの。田辺さん、今度はゆっくりしていってくださいねぇ」

「また寄らせていただきます」

にっこり微笑んだ田辺が立ち上がる。

母親は玄関先で見送り、大輔が門の外までついていく。車は近くのパーキングに置いてある。

「なぁ、あや……」

大輔だけの呼び名を使う。振り向いた田辺が、困ったように目を細めた。

「墓参りについていくなんて、変でしょう。どうしてもと言うなら、かまわないですけど……。素直な気持ちで手を合わせられなくなりますよ」

田辺の手が、さりげなく肘を撫《な》でて離れる。

線を引かれたとわかった。そこがケジメのつけどころだ。

友人以上の関係だとは紹介できない。そんな相手を墓の前に引っ張り出したところで、湿っぽさが増すばかりだ。

「迎えに来るから、連絡して。大輔さん、夕食に誘われたら、断らなくてもいいよ」

「今夜はコース料理だろ。俺だって、そっちがいい」

「じゃあ、お母さんも一緒に……」

「ランチで行ってんだから、いいだろ。別に。誘わなくたって」

「大輔さん」

「なんか、調子狂う」

ぶつくさ言って背を向けた。家へ戻る途中で振り向くと、田辺が軽い仕草で手をあげる。キザなのにシャレて見え、カッコつけだと思う一方で、心の奥がびりびり痺《しび》れた。

「連絡して」

声をかけられ、ポケットに突っ込んでいた片手をあげて返す。

「おぅ、あとでな」

そっけない自分の返事が、今日に限って、やけに冷たいように思えて不安になる。友達ならこんなものだ。だけど、本当は違う。

一緒に墓参りをして欲しかった。母親と一緒にテーブルを囲んで、夕食を取りながら、家族の話もしてみたい。

だけど、そこにはいつも『嘘《うそ》』が転がっている。

家の中に戻った大輔はため息をついた。

本当のことは言えないけれど、言いたい気持ちがある。これが俺の恋人だと、初めて本当に好きになった相手だと口にしたい。

だから、一度目の結婚は間違いで、そして離婚も失敗じゃない。

そう考えたことを家族にわかって欲しいと思うことは、家族だからと負担を押しつけることにもなりかねない。ふと冷静になって、大輔はもう一度、深いため息をついた。

墓参りを終えた夕方、田辺が実家まで迎えに来た。すでにチェックインを済ませたホテルへは直接行かず、夕暮れが少しずつ近づく海辺を散歩した。振り返って見上げた高台にホテルが建っている。徒歩圏内だ。

浜から海へ長い橋が伸び、行き着く先に竹島がある。

大きな鳥居の建った小さな島だが、木々は勢いよくこんもりと生い茂っている。緑色の玉が海から半分だけ浮かび上がっているように見えた。

日が陰っていく中でも、まだ向こうへ渡る観光客がいる。

一巡りしてきたと田辺に言われ、大輔は無性に腹が立った。隠しきれない苛立《いらだ》ちを、墓参りで疲れたせいにする。田辺はいつも通り、疑問のないふりで騙《だま》されてくれた。

「大輔さん。明日の朝、散歩しに行こう」

並んで歩くふたりの指先が軽く触れた。ぶつかり合って離れ、大輔は思わず田辺の指を摑《つか》んだ。

「ふたりきりで、ね」

大輔が離すまで振りほどかない田辺は、指を摑ませたまま微笑む。

春と夏の間にある三河湾《みかわ》は凪《な》いで、海風も穏やかだ。

「うん」

大輔はうなずいた。自然に、手が離れる。

「おまえの親って……」

尋ねようとして言葉を切った。

「聞いていいよ。大輔さんなら」

「いや、その……」

「都内に住んでる。俺は港区生まれの港区育ちなんだよ。いろいろうまくいかなくて、横浜に流れたけど。父親も母親も生きてる」

「知ってる……」

情報源にすると決めたときに、身辺調査をしたからだ。田辺が続けた。

「兄弟がいる。生真面目な兄と派手好きの妹。仲は良くない」

「親とは？」

「縁を切られてる。大輔さん以上に疎遠だよ」

「……会わせて欲しいわけじゃないから。それは、別に」

なにげなく言ったつもりが言い訳がましくなって、大輔はおおげさに舌打ちをする。

「おまえがどこから道をはずれたのかとか……、聞いたことないと思って」

「聞きたい？」

問われて、心がひやりとした。田辺は微笑んだままで、顔を覗き込んできた。

「俺のこと知りたいと、思ってくれてるんだ？」

「なに、それ。当たり前だろ。ずっと思ってるよ。どんな子どもだったのか、とか……」

大輔が言うと、

「どんな女の子を好きになって、どんな初体験をしたのか、とか？　……これは俺の好奇心だね」

ふざけて笑った田辺がホテルへ向かって歩き出す。

「結婚、考えたこと、ある……？」

先を行く背中に、おそるおそる問いかける。

高台にあるホテルへの近道は斜面に作られた階段だ。

その途中で田辺が振り向いた。日が暮れ始めて、雑木林の中にも闇《やみ》が広がり始める。足元を照らす明かりが、ふたりを浮かびあがらせた。

「ないよ」

あっさりと答えた田辺が手を差し出した。

「足元が危ないから」

女にするような気づかいはいらないと思いながら、断れずに手を返す。ぎゅっと握られて、心の奥でホッと息をついた。

　田辺ほど見た目が良ければ、それだけで女は寄ってくるだろう。その中にさえ、特別な相手は現れなかったのだ。

「大輔さんが想像するほど、いい恋愛はしてないよ。結婚できた分、あんたの方が上かもしれない」

「上も下も、ないだろ」

「そうかな」

「倫子を追い詰めたのは俺だ。自分の社会的な体裁さえ整えばいいと思って、あいつの本心を見ようともしなかった」

「お母さんに、また再婚をせっつかれた？」

　片頬で微笑んだ田辺が見透かしてくる。くちびるを引き結んだ大輔は、その背中を軽く叩《たた》いた。

　図星だが、気にはしていない。田辺から確認されることの方が、何倍も苦々しく感じられるぐらいだ。

「俺のものに、できたらいいのに」

　黙った大輔を振り向いた田辺の指先が、頬を撫でてくる。ごく当然のように、くちびるが重なる。

抱き寄せられ、足元がよろめいた。大輔がしがみつくと、田辺の腕はいっそう強く背中を抱く。

「んっ、んっ……」

くちびるを吸われ、舌で舐《な》められ、大輔の息が甘くかすれる。

「だめ、だ……」

通る人のいない道だが、油断はできない。

「だめ?」

さびしそうに言われ、大輔は首を振った。

「あとに、しろよ……」

「じゃあ、あとで、たっぷり」

いやらしい言い方をされて、大輔はドギマギと視線をそらした。もう何回も寝ているけれど、ふたりの関係は頻繁じゃない。今日、セックスしたら、一ヶ月ぶりだ。

想像すると勃起《ぼっき》しそうで、田辺を追い抜いた。

「俺の初体験なんて、たいしたもんじゃない」

足を止めて振り向き、大輔はうつむきがちに言った。軽やかな足取りで追ってくる田辺を待つ。

「風俗？」

大当たりだから答えない。

「俺は金で買われたなぁ」

今度は田辺に追い抜かれる。大輔は眉を跳ねあげた。

「買われたって……。そこ、詳しく」

顔を見なかったことを後悔する。

「おもしろがらないでくれる？」

「いや、普通におもしろいだろ」

「聞いたら、大輔さんだって話さないとダメだよ」

「緊張しすぎで勃起しなくて、慰められた話……？」

「ウブだな。興奮させないでくれ」

「変態なんだよ、おまえが」

軽口を叩いて階段をあがりきったが、ホテルまではまだ坂道が続いている。手入れの行き届いた植え込みに沿い、ゆるやかなカーブが車寄せまで続いている。

城郭風の建物が見えてきた。昭和初期に建てられたホテルで、緑の屋根の上には展望室らしき小部屋もある。和洋入り混じった雰囲気に中華風の趣も加わり、陸の竜宮城みたいだと大輔は思ってきた。子どもの頃からだ。

「俺、ここに泊まってみたかったんだよな」

屋根のあるエントランスには、年代を感じさせる金色の扉がついていた。くすんだ色がいい。

吹き抜けのロビーには革張りの大きなソファが整然と並び、四角の太い柱が伸びる。華美ではないが、手の込んだ豪華さだ。

「大輔さん。一度、部屋へ戻る？　時間はあんまりないけど」

「いや、ここで時間つぶす」

雫《しずく》をさかさまにしたような形のライトが柱から垂れ下がり、優しい色に誘われた大輔はふらふらとソファへ近づいた。

「俺とで、よかった？」

冗談めかした田辺の問いかけは、肯定的にも否定的にも取れ、柔らかなソファに沈み込んだ大輔は目をしばたたかせた。真意が掴めない。

でも、大輔の答えははっきりしていた。

「おまえ以外、いないだろ。俺には」

そう答えた。

こぢんまりとした食堂も天井が高く、縦長のガラスの向こうに田舎町の明かりが見える。都会と比べれば寂しく感じられ、郷愁を誘われる。

その上、バイオリンの生演奏までついていて、大輔はワインを飲みすぎた。

久しぶりに実家へ帰り、母親と会い、積もる話は特になかったが、繰り返される説教と昔話はいつも通りで、うっとうしいやら懐かしいやら……。心が温まるのを感じながらもどこか落ち着かない。その理由は、自分の軸足がここにはないからだ。家を出た日は遠く、もう生活の基盤は別の場所にある。自立したのだ。

だから、生まれ育った町に実家があっても、物思いの中身は変わらない。母親という存在のくすぐったさだ。

「やっぱ、おまえにも来て欲しかった。親父《おやじ》の墓」

酔っぱらいのたわごとを繰り返し、ふらふらになって部屋へたどり着く。

「なぁ、聞いてる？　来て欲しかったんだよ。親父に見せたかったんだよ。なぁ、わかる？　聞いてんのかよ、あや。なー、あや、聞いてるぅー？」

完全に泥酔している大輔は、誰に見られるでもない安堵《あんど》感でくだをまく。靴を脱いでベッドへ転がった。

「風呂《ふろ》はもう無理かな」

笑いながら近づいてきた田辺が、靴下も脱げない大輔を手伝い始める。

「いいよ、あんたは何もしなくて。着替えさせてあげるから」

「脱ぐの？　脱いだら、『エッチ』しないと」

「……できないだろ」

上着を脱がされ、チノパンの前ボタンがはずされる。

「こんなに酔ってるのに、大きくなるんだ？」

引き下げられたチノパンが足から抜かれる。

「だって、おまえが服を脱がすから」

大輔が答えると、田辺はくすっと笑った。

「脱がされたら勃起すんの？」

「うるさいなぁ」

ろれつの回らない口調で悪態をついて、目の前にある田辺の首へしがみつく。首筋にくちびるを押し当て、やたらなキスを繰り返す。まるで色っぽい仕草じゃなかったが、大輔の方は勝手に盛り上がってしまう。

酒が回って、ハイな気分だ。

「キスは？　あや……」

雰囲気のある誘いなんてできない大輔は、キスをねだりながら田辺の手を掴んだ。自分の下半身に押し当てる。自分のものじゃない体温に、そこがまた跳ねる。

「欲張りだな」

息を吐くように笑う田辺の仕草が色っぽくて、大輔はキスの途中で背筋をそらした。ビクビクと腰が揺れる。

「あぁ、大輔さん。こんなぐらいのキスで甘イキしちゃうの？　やらしいね。どこも敏感だ」

田辺にキスをされながら、ベッドに横たわる。枕《まくら》は遠く、上掛けの布団が頬に触れた。

「んっ、……ふっ……んっ」

繰り返す甘いキスと一緒に、尖《とが》った乳首を指の腹で撫でられる。もう片方の手は、下着の上から大輔の股間《こかん》を鷲掴《わしづか》む。仕草の大胆さとは裏腹に、柔らかく揉《も》みしだかれると、すでに大きく膨らんでいる場所は快感に震えた。それでも、大輔が思うほど完全な勃起じゃない。興奮さえ、完全な錯覚だ。

ただ、触られる感覚が心地よく、もっと強い刺激が欲しくなる。

「あっ……、あ……」

「これ、出すまではいかないんじゃないの？　……まぁ、いいね。気持ちよくなるなら」

深いキスで舌先を吸われ、大輔の腰が浮く。下着が剝《は》ぎ取られ、ゆっくりとこすり上げられて息が乱れ出す。

「うっ、ん……ふっ。ん……」

されるがままに身をさらけ出し、枕の端を探して掴んだ。

「そんなふうに無防備にさらして……あんたは、本当にかわいい」

ちゅっと額にキスが当たる。まるで子どもだましだと怒りながら、ときめいてしまう。

田辺とのセックスはいつも、甘い言葉がシャワーのように降り注いでくる。初めはからかいのつもりだったのだろう。大輔も恥ずかしくてたまらなかった。

なのにいまではすっかり愛撫《あいぶ》の一環だ。

「指で気持ち良くする？　やらしくイクところを見てあげる。それとも、口がいい？　後ろも指でいじりながらのヤツ？」

「ん……。それ……ぇ」

酔いに任せて、自分から足を開く。そこに身を屈《かが》めた田辺は、迷いもなく大輔の先端を舐め回し、濡《ぬ》れたくちびるで誘い込む。

「あ、はぁ……っ。あっ」

じゅぷじゅぷと水音が響いたが、酔った大輔にはよくわからなかった。頭の芯《しん》が快楽に侵されて、腰の裏がじんじんと痺れていく。

「指、入れ……て……。ゆ、び……っ」

田辺の髪に指を潜らせ、いたずらに引っ張りながら腰を前後に揺する。田辺は指先を濡らして、大輔の後ろへとあてがった。

「あ……、ぅんっ……っ！」

指先ですぼまりを突かれ、大輔はのけぞる。

「大輔さん。やっぱり飲みすぎだよ。こっち、完全には勃《た》ってない」

それでもしごける硬さだ。田辺の手が動く気持ちよさと、後ろを探られる刺激に、大輔は身悶《みもだ》えた。身体よりも心が逸《はや》る。追いかけるのは、いままで得てきた快感の記憶だ。

「あや……っ、あや……」

繰り返し呼びかけ、もう一度くわえて欲しいと耳を引っ張る。沈んだ頭部を掴み押さえ、大輔は腰を振り立てた。

「ごめっ……。あ、気持ち、いっ……」

女を相手にやれば確実に嫌われる身勝手さで快楽を追う。田辺には許されると、酔っていてもわかっている。

「すごっ……ぃ。口の中、ヌルヌルして、熱……っ。あ、あっ。きもちいい。あや、あや……。きもち、いい。いく、いく」

大輔の足先に力が入り、腰が浮きあがる。

「あっ、あっ……っ！　いくっ……、いっ、く……」

ぐんと伸びあがった瞬間、田辺の口から半勃起以上になっていない性器が飛び出た。

「うぅっ……」

指で中を撫で回され、じっとりと湿った快感が大輔へと押し寄せた。腰から細やかな震えが生まれ、やがて身をよじるような痙攣《けいれん》に変わる。

酒の力で奔放になった欲望が解き放たれ、大輔は両手を差し伸ばす。腕の中へ田辺を引き寄せる。ぐっと、しがみついた。

「ごめんな……。ちゃんと、言えなくて……」

口にした言葉は激しい息づかいにまぎれ、途切れ途切れになる。自分ではもう、なにを言っているのかもわからなかった。田辺の反応を確かめることもできず、大輔はそのまま眠りに落ちた。

＊＊＊

寝落ちした酔っぱらいに、備え付けのパジャマを着せて、布団の中へ押し込む。枕を抱きしめるように横たわった大輔は、ひとしきり歯ぎしりを響かせ、すぅっと深い眠りに入っていく。

田辺はしばらく寝顔を眺めた。自分で整えている眉は以前ほど刈り込みすぎず、きりっとした線を描いている。いつもは撫で上げられている前髪が額を覆い、すやすやと健やかな息づかいを繰り返す寝顔は、逞《たくま》しいような、凛々《りり》しいような、それでいて、甘えたような感じがする。起きているときに見せるさまざまな雰囲気がすべて入り交じっていて、田辺の胸はざわめく。指先で前髪を分けて、額へそっとキスをする。

大輔の顔は、いわゆる『かわいい系』からはほど遠い。仕事柄、目つきが鋭く、どちらかといえば、頬が引き締まったオラオラ系のカッコイイ顔立ちだ。なのに、田辺にはかわいく見えて仕方がない。

なにをしていても、どんなひどいことを言われても、無条件に許せてしまうぐらいにはぞっこんだ。大輔のためなら、いけ好かない佐和紀の足元に額をこすりつけることも苦にならない。それで大輔との関係が保てるのなら、安いものだ。内心では、あの狂犬にも特異な利用価値があったと思うぐらいだが、誰にも言ったことはない。

いまや、若頭補佐の嫁だ。そして、肩書き以上に岩下は恐《こわ》い。世話になってきたからこそ身に染みている。溺愛《できあい》している嫁の悪口は控えなければならなかった。

ホテルから乗ったタクシーを降り、薄暗い街灯が滲《にじ》む路地を行く。門戸にはかんぬきだけがかかっていた。呼び鈴は門についていない。だから、かんぬきをそっとはずして、庭から玄関へ続くアプローチを抜けた。

引き戸の横に付けられたインターホンを押す。

田辺が訪れたのは、大輔の実家だ。あと一時間で日付が変わる非常識な時間だったが、迷いはなかった。田辺の再訪に驚いた大輔の母親はすぐに顔を出し、中へ招き入れられる。

「忘れものでも？」

寝支度を整えた姿で目を丸くする。玄関へ入った田辺は、まず頭を下げた。

「夜分遅くに申し訳ありません。どうしても、伝えておきたいことがありまして」

「大輔のこと……」

一瞬だけ怯《おび》えたような表情になり、玄関の壁へ手を当てた。自分の身体を支える。

田辺は「はい」と短く答えてうなずいた。神妙な面持ちで口を開く。

「倫子さんとの離婚の原因は、僕です」

「え……？　じゃあ、田辺さんが倫子ちゃんと」

「いえ、そうではなく。僕が、大輔さんに横恋慕したので」

「あぁ、プラトニックな……、え？」

母親の聞き返しのタイミングは、笑ってしまいそうになるほど、大輔とそっくりだ。

「おそらく誤解があったんだと思います。その……、僕と彼が、そういう仲だと、倫子さんが勘違いして。それで、気持ちが離れて。……悪いのは、僕です。お母さん」

甘く呼びかけると、大輔の母親は呆然《ぼうぜん》としたまま、目をしばたたかせた。

「あの子、そうなの……？」

「違います。大輔さんは結婚できたじゃないですか」

「あ、そう。そうね。あの子は、女の子と付き合ってきたし。え、でも、……じゃあ」

怯えた目が、すがるように田辺を見る。

その視線に応《こた》え、度の入っていない眼鏡をはずした。ゆっくりと鼻の付け根を揉んで、これみよがしなほど思い悩んだ風情を醸す。女性相手の効果はよく知っている。適度なタイミングで、眼鏡をかけ直した。

母親の顔から怯えが抜けて戸惑いだけが残るのを見定め、田辺は息を吸い込む。

申し訳なさそうに、でも、真摯《しんし》に、目の前の相手を見つめる。詐欺師で食ってきたのだ。人の心の中へ入り、答えを先導する術《すべ》は身についている。それで大金を巻き上げるのだが、今回に限っては同情を引きたいだけだ。

「大輔さんが好きです」

口にすると、思いがけず、田辺の心は震えた。大輔への気持ちが大きく膨れあがり、やがて胸の内へと染みこんでいく。

嘘と真実を混ぜ合わせ、恋人の母親を騙すことに躊躇《ちゅうちょ》はない。大輔と倫子、そして大輔と田辺の間にある真実は、確実に大輔の母親を傷つける類《たぐい》のものだ。永遠に知らないでいて欲しいと大輔も考えるだろう。

「彼が、僕をどう思っていたとしてもいいんです。これから先、ずっと彼を守ります。許して欲しいと、ここで言うつもりはありません。……たとえ反対されても憎まれても、変えられない気持ちなんです」

「……なんて、言えば……いいのか」

言葉を詰まらせながら、大輔の母親は視線をさまよわせる。

「大輔は、その、女の子が好きな子だし……。あなたにはもっといい人が」

「そんなことを考えていたら、こんな時間にお邪魔していません。……彼に、気持ちを伝えたいと思っています。玉砕は覚悟です。それでも、きっと、僕は……、彼以外を守りたいとは思わないので。きっと友達のままでいます。それだけ、あなたには、伝えておきたくて」

言葉を選ぶように声を途切れさせ、そのたびに息を継ぐ。大輔の母親は、あたふたと指先をさまよわせる。

「こ、こま、困るわ……。それじゃあ、あなたが損をするわよ。あの子は父親に似てひとつのことしかできないの。仕事と思えば、仕事だけなの。ね、悪いことは言わないから、別の男にしなさい」

田辺の肩に手を置いて、揺すりながら言い聞かせてくる。その指をそっと剝がして、両手で包んだ。大輔の母親だと思うと、演技を超えて見つめてしまう。

わかって欲しいことも事実だ。どんなに薄汚い真実があったとしても、たったひとつ、大輔を想う気持ちだけは清い。

「お母さん。どうぞ、そんなことはおっしゃらないでください。女を好きでも、男を好きでも、心からこの人だと思える相手と巡り会えるなんて奇跡です。……大輔さんを育ててくれた、お母さんに感謝します。たとえ、彼が、僕を選んでも、あなたはずっと、彼の『特別な存在』ですから」

口にすれば、ほんの少しの嫉妬《しっと》が混じる。自嘲《じちょう》を胸に隠し、柔らかく微笑んでみせた。

「……そ、そうね……。う、うん……」

大輔の母親は、狐《きつね》にでも騙されたような顔で、こくこくと繰り返しうなずく。

自分の息子が男に言い寄られていることを理解できていないし、しようともしていない。

「今度は、お墓参りに同行させてください。お父さんにも、きちんと挨拶をしたいので」

「えぇ、ぜひ。そうして……。えぇ」

田辺の雰囲気にすっかり飲まれ、もっともらしく言いくるめられたことにも気づいていない。田辺はおおげさにホッとした演技をつけ加え、弱く微笑んだ。

「それじゃあ、僕はこれで」

「あ、あ……。お茶でも……」

「ありがとうございます。でも、タクシーを待たせているので……。夜分遅くに失礼しました」

握っていた手をするりと離して一礼する。直後、慌てたように腕を引かれた。

「待って。タクシー代……、持っていきなさい。あなたみたいな人が、あの子なんて……」

財布を取ってくると言う大輔の母親を、今度は田辺が引きとめた。

「受け取れませんよ。それより、これを」

ジャケットのポケットから、二つ折りにした銀行の封筒を取り出す。

「大輔さんが、お母さんに渡そうと用意していた『お小遣い』です。恥ずかしいから渡さなかったと言っていたので。電話、してあげてください。着信を残すだけでも。携帯電話にかけると、履歴が残るじゃないですか。それだけで、息子って、安心できるんですよ。でも、折り返しは期待しない方がいいですね」

差し出した封筒を大輔の母親の手に押しつけ握らせる。

警察官の忙しさを知っているからこそ、母親は心配を募らせて口数を増やす。しかし、息子である大輔は心配をかけまいとして口数を減らす。どこにでもある親子の行き違いだ。

予想していたから、封筒も中身も、田辺が用意しておいた。大輔はなにも知らない。

「おやすみなさい、お母さん。また近いうちにお会いしたいです」

それじゃあ、と、はにかみを浮かべて頭を下げ、戸締まりを忘れないように言い添えて外へ出る。門まで戻って振り向くと、大輔の母親は引き戸を半分ほど開けて見送っていた。

温かい情けをひっそりと抱えているまなざしは、田辺が愛している男とよく似ている。

口に出すことを知らず、誰に気づかれなくてもいいと、胸に溜《た》めて生きているのだ。

会釈をして門を閉じ、かんぬきをかける。タクシーは大通りに待たせていた。そこへ向かう途中で、足がもつれ、田辺はふらつきながら電柱にすがる。大輔の実家からは見えない場所だ。長く深い息を吐き出す。

「あー……」

言葉にならない声を出して、そんな自分のくちびるを手で覆う。くちびるも指も、どちらも小刻みに震えている。

「岩下さんの方がマシ……」

つぶやいて、背筋を伸ばす。

嘘なんて息をするように口にできる。人を騙して生きてきた。なのに、こんなに緊張して、成功に安堵するなんて久しぶりだ。

来た道を振り返り、田辺は深く腰を折って頭を下げた。

どんなことがあっても、大輔の母親は彼女だ。大輔がどんなにそっけなく振る舞ったとしても事実は変わらない。母子の間には、長い年月で培われた絆《きずな》が見え隠れする。

だからこそ、二方向から引き裂かれるような思いを、大輔には感じさせたくない。母親と田辺とが秤《はかり》に乗せられたなら、比重は間違いなく母親へと傾く。そのことで傷つかない大輔ならば、こんな出来すぎた真似《まね》はしなかった。そうではないから、予防線を張っておきたいのだ。

大輔が追い続けた男らしさは、父親の背中であり、母親の期待だ。それはいまでも変わらず、彼の中に染みこんでいる。押しつけられているのではなく、大輔自身がそれを良しとして受け入れたゆえの価値観だ。

そうやって男らしく生きてきた大輔の身体をもてあそび、まっすぐだった心を歪《ゆが》めてしまった罪悪感が田辺にはある。

大輔に対して、愛して欲しいと思ったわけじゃない。ただ、愛情を傾ける先を見つけてしまった。田辺にとっては、それが大事なことだ。

見返りは肉体関係の相手をしてくれるだけでじゅうぶんで、その先は期待はしていなかった。なのに、律義な大輔はまんまと罠《わな》にはまった。

ふたりの間に恋が芽生えたことが、田辺には信じられない。

いつかは終わることだと知っているからこそ、恋の果ては、できるだけ先延ばしにしたいと思う。いつか、大輔が心変わりしたとしても、責めるつもりはない。

その瞬間まで、気持ちの変わらない自信がある。

けれど、ふたりがこうしていることで彼が傷ついたり、誰かの横やりで引き裂かれることはおそろしい。田辺の気持ちだけは変わらないからこそ、身体を繋《つな》ぐ関係が終わったとしても、そばにいたかった。友人でもいいから、嫌われずに、ただ見守ることを許して欲しい。

自分の中に兆した弱気に、田辺はかぶりを振った。

髪をかきあげ、ジャケットの襟を正す。

よくない始まり方だったふたりの関係が、いい思い出になるように着地点を探している。

大輔の母親に会ってみて、その気持ちはより強いものになった。

家庭の中に脈々と息づく価値観を否定することが、精神的な自立になるとは言いたくない。どんなささいなことでも、大輔を否定するつもりはないからだ。あの母親に育てられた大輔だ。そして、彼は自分自身の価値観をたいせつに守っている。

けれど、男らしくあろうとして疲れ果てた大輔は、結婚生活を破綻させた。自分を裏切った結婚相手のことさえも、自分の未熟さのせいだと悔いた彼を知っている。田辺だけが知っているのだ。

大輔が結婚に向かなかったわけじゃない。うまく弱さを見せることができなかっただけだ。自分の背中にすべてを背負《しょ》い込んで生きるのが男だと、たいせつに守る価値観に教え込まれた結果だが、悪いことだとは思えない。

けなげな男だ。かわいそうなぐらいに一本気で、不器用で、そして真面目で。

絶対に、あきらめられない。

だから、どうしたって母親を丸め込んでおきたかった。昼間のうちに好印象を残して、夜中に思い詰めたふうを装って押しかけ、畳みかけるように口説き落とす。もう何度も繰り返した、たらしのテクニックだ。人妻たちの生活を乱さず、心の柔らかいところを優しくかき混ぜ、倫理観を惑わせる。

なんの不自由もなく生活しているセレブな人妻でも転げ落ちた。海沿いの鄙《ひな》びた町で独居する熟女を騙すぐらい造作はない。

心の中でうそぶきながら、田辺は大通りまで出た。待たせておいたタクシーへ乗り込む。母親を丸め込みにいくため、いつもより飲ませて酔わせたのだと知ったら、大輔は怒るだろう。

悪いのは自分だと、田辺は思った。

それでいい。近づいたのも、愛したのも、必要としたのも、田辺の一方的な欲望だ。

震えの去った手のひらを、暗い後部座席に沈んで見つめる。

今夜、またひとつ、欲望が生まれた。

大輔を産み育てた彼女にも、できれば愛されてみたい。

息子を守る第三者として、信頼を得たい。

そっと拳を握り、くちびるへと押し当てた。甘えたように『あや』と呼んでくる大輔の無邪気な声が耳のうちによみがえり、部屋に戻ったら、強く抱きしめようと決める。

タクシーの窓の向こうには、海に浮かんだ小島が見えていた。

＊＊＊

日々の昼食を携帯電話のカメラで撮るのは、大輔の日課だ。

今日の定食は豚の甘辛しょうが焼き。週に三回はありつきたい大好物を前に、とりあえずアプリでメールを送る。

「……おまえさ、その癖、いつからだ」

コンビを組んでいる先輩刑事の西島《にしじま》が、いかつい顔で頬杖《ほおづえ》をついた。彼の前にも、大輔と同じ『本日の定食』が置かれている。

「ダイエットのための記録《ログ》です」

「おまえには必要ないだろ。誰に送ってるんだ」

「ダイエットの、ための、ログ、です……っ！」

繰り返して言い切り、画面を消した携帯電話を伏せて置く。

「どうせ、アレだろ。『あやちゃん』だろ。もしかして、この前の帰省にも、連れていったり……したのか」

ふざけた物言いが、唖然《あぜん》としたつぶやきに変わる。

むっすりとした大輔は、がばっと持ち上げたしょうが焼きに食らいつく。

田辺が情報源であることは、西島も知っている。登録名『あやちゃん』が田辺であることも、抜き差しならない仲になってしまったことも、おそらく見透かされている。

だからといって、へらへらと私生活を晒《さら》す気にはならなかった。

「前まではよかったなぁ……。おまえは俺を慕ってたし、プライベートでもなんでもくっちゃべってたのに。いまじゃあ、秘密ばっかりだもんなぁ。思春期のガキを持ったオヤジの気分だ」

ヤクザよりも本職に見えるいかつい顔で、西島はぶつぶつとぼやく。浅黒い肌の眉間《みけん》にくっきりとシワが刻まれ、大輔はぼんやりと父親を思い出した。

似てはいないが、面影が重なる。

「すみませんねぇ、思春期で。……西島さん、『あやちゃん』とか、気持ち悪いからやめてください」

「けど、おまえのスマホに、そう登録されてるだろ」

「そう、ですけど……」

水を飲んで、ため息をついた。

「からかわれたくない、んです」

本音をぼそりと口にする。西島が顔をあげたので、大輔は慌ててうつむいた。

「……思春期だな。思春期だ……」

「だから」

イラっとして睨みつけると、からかうようなへらへら笑いを返される。

「うらやましいってことだ。俺にはもう二度とないような『春』だろ。俺はさしずめ思秋期だ。さびしいよなぁ」

白飯を口の中にぐいぐいと押し込み、乱暴に咀嚼《そしゃく》して水を飲む。豪快な食べっぷりの西島は、一瞬だけ顔を歪めた。

「からかって悪かった。本当に、実家へ連れていったのか」

「顔見せ程度に……。それが、条件だったので」

「なにの」

「……兄貴分からの茶々入れを防止するために、嫁の後ろ盾を」

「へー、そんなことになってんのか。嫁の影響力は絶大か」

「わかりません。でも、あいつがそう言うんで」

「本人が言うなら間違いないだろう。なるほどなぁ」

唸《うな》るように感心した西島は、定食をまた口に押し込む。大輔も負けじと食べた。よく噛《か》んで食べてよ、と、まるで母親か嫁のようなことを言う田辺のことも思い出し、胸の奥がちくりと痛んだ。

「大輔。おまえには『窓口』を確保しておいてもらいたい。これは仕事上の頼みだ。あと、これは、俺自身からの頼み」

そう言って、定食を平らげた西島は、つまようじを手に取った。

「刑事、やめるなよ」

かけられた言葉に、大輔は顔をあげる。じっと相手を見た。

「やめませんよ」

即答した声は思ったよりも小さくなり、語尾がかすれる。

刑事とヤクザ。情報を出し合い、駆け引きをする仲だ。いままでは利害が一致するから一緒にいた。

でも、いまは違う。利害の一致は理由になく、ふたりの間にあった駆け引きは、ビジネスのものでなくなっていた。

いつかは、ケジメをつけることになる。

恋人同士でいるならなおさらだ。大輔の恋人がヤクザである以上に、ヤクザである田辺の恋人が刑事だという事実は危うい。

「心配事があれば相談してくれ。人に言える仲じゃないだろう。……なるべく茶化さないようにするから」

「本当ですか？　信用ならないんだけど」

ふざけた視線を投げかけ、大輔は最後の一口を押し込んだ。西島が肩をすくめる。

「おふくろさんは、元気だったか」

「……あいかわらず、口うるさくて。再婚しろってしつこいぐらいでした。あれが嫌だから帰らないいんだって、いつになったらわかるんですかね」

「親は先に死ぬからな。心配しているんだよ、おまえのこと。俺だって、留守番電話に残ってる母親のメッセージは、毎回、同じ話だ。あと、どうでもいい近所の噂《うわさ》とか」

「西島さんは、再婚しないいんですか」

「しない。結婚なんて、もういい。こう見えて、ぐっさり傷ついたんだ。ちゃんとやれてると思ってるのにすれ違って、挙げ句に逃げられるってのはたまらないもんだよ」

「なんで、自分だけみたいな言い方するんですか。俺だって同じじゃないですか」

「おまえはアレだ。ちゃんと相手がいるだろう」

　指先を突きつけられ、大輔は眉をひそめた。パチンと叩き落す。

「ちゃんと、じゃないですよ……。親にも友達だとか嘘ついて……。あぁいう嘘はたまらないじゃないですか。あいつにも悪いし、親も騙しているし」

「おまえは変なところが真面目だからな」

「変じゃないです」

　相手が先輩だろうがかまわずに睨みつけ、大輔はセルフサービスの水を取りに行って戻る。

「悪いとか思うような、そういう相手になったんだな」

ふっと笑った西島が煙草を出した。大輔はもう一度立ち上がって、アルミ製の灰皿を取りに行く。

にぎやかな食堂の片隅で、ふたりの席だけが静まり返っている気がした。

田辺と歩いた海辺を思い出し、大輔は視線をテーブルからそらす。

きらきらと輝いていた遠浅の海を、眩しそうに眺めていた男の横顔。見惚《みと》れていた自分は、もう完全に以前と違っている。

臆病《おくびょう》になったし、甘えているし、なにを見ても、視界に田辺がちらつく。

「俺、弱くなったんですかね……」

思わず口にすると、西島は黙って煙草を差し出した。一本もらって火をつける。

好みじゃない味に顔をしかめると、西島は短く息を吐くように笑う。大輔は言った。

「嫁がいた頃は、誰かのために頑張ってるって、なんか充実感みたいなものがあったんですけど」

「……それは思い込みだっただろ」

西島からすっぱりと切り捨てられ、大輔はうぅんと唸った。

煙草の煙がふたりの間に漂い、西島は身体を斜めにしてテーブルに寄りかかった。

「大輔。おまえは視野が狭いんだよ。自分の中の価値観だけで、こうあるべきだと思うから、見えている答え以外は許せないんだ。他人も、自分の人生も、レールの上に乗せたからって答えへたどり着くわけじゃないだろ。自分でレールを敷くんだ。……俺はもう、そんな面倒なことはしないけどな。それはな、歳《とし》を食いすぎて、もうあきらめてるからだ」

煙草の灰を落として、西島は目を細めた。

「自分の生き方に迷いがあるうちは、あきらめきれてないってことだ。やるだけやればいいだろ。仕事もあっちも、おまえの人生だ」

「どうしたんですか、西島さん。そんな良いこと言って……。病気でも見つかったんですか」

真剣に心配して問いかけたが、拳で頭をがつんと殴られる。

「やっと納得のいく相棒が見つかったのに、あんなやつになぁ、かっさらわれたくねぇんだよ。だいたい、仕事を変えるなら向こうだ。カタギのおまえの方が立場は強い。けど、なぁ……」

職務上は足抜けを勧められない。

組織と距離はあるが、肝心の岩下に近づける田辺は、絶妙な立ち位置にいる重要な情報源だ。

「わかってます。その点については、俺だって、自分の苦労を無にしたくないですよ」

煙草を軽く吸って答えた。真実と建前がチラチラと揺れて、大輔の心はまたチクリと痛んだ。

＊＊＊

歩き回った一日が終わり、ふらふらになって家に帰りつく。

ワンルームの味気ない部屋だ。床に直置《じかお》きしたマットレスへ、上着も脱がずに倒れ込む。

洗濯前の服が壁際にこんもりと山を作っていて、クリーニングから取ってきたスーツはビニールがかかったまま、カーテンレールにかけてある。

玄関に置いたコンビニの袋を取りに行きたかったが、身体を起こす気にはならなかった。腹は減っているし、ビールも飲みたい。このまま眠ってしまうのは危険だ。

そう思いながら、携帯電話を取り出した。

カップル専用のアプリは、田辺が勝手にインストールしたものだった。これならメールを誤送信する心配もないと言われて使っている。

昼すぎに届いた田辺の返事を眺め、ため息をつく。大輔はほとんど文章を打たない。その代わりの昼食写真が日課だ。

それに対して、田辺は律義に返事を返してくる。『おいしそう』とか『イタリアンには飽きた』とか、虹の写真とか野良猫の写真とか。

返事はしなくてもいいと言われている。田辺からのメールも、昼すぎの定期便があるだけだ。ごくたまに、夜空を撮った写真が送られてくるが、大輔はそれにも返事をしない。なにを書けばいいのか、まるでわからないからだ。

「恋人、か……」

のそりと立ち上がり、ジャケットを脱ぎながら玄関へ戻る。コンビニの袋を取って、ジャケットは床に投げた。冷やし中華とビールを取り出して、日付が変わる前まではまだ夕食だと思いながら食べた。

テレビがにぎやかなだけの狭い部屋で、もそもそと食事をしてビールをあおる。深夜番組は笑えなかったが、かといって消す気にもならない。

田辺はなにをしているのかと考えたが、電話はかけられなかった。いつもと違う行動を取れば心配されそうでこわい。

これ以上、べたべたした関係になったら、飽きられるのも早くなりそうだと思う。そんな心配をしていると知ったら素直に喜んで、そしてきっと、悲しそうな顔になる。

俺を信じてないんですね、なんて、傷ついた声で同情を引き、愛情を証明するだのなんだの言って、恥ずかしくなるようなキスをしてくるはずだ。

それは嫌じゃない。ちやほやと甘やかす優しい口づけが、大輔は好きだった。

いつまで経ってもよそよそしいような、その日の一番初めのキス。乾いた互いのくちびるの感触を思い出し、ビールを一気に飲み干した。

「マジかよ」

あぐらを組んだ足の間を見下ろし、ぐったりとうなだれる。腰がむずむずとして、解放されたがる欲望が大きくなった。

シャツを脱いで床に投げる。スラックスも同じだ。靴下も投げて、下着をずらす。

「疲れてんだけどなぁ……」

誰に言うともなくつぶやいて、勃起している場所を摑む。

帰省した日からまだ一週間も経っていない。母親と墓参りに行った翌日は生まれ育ったあたりを車で流し、夕方には横浜へ戻った。そのあとは、田辺のマンションで過ごして、翌日はそこから出勤したのだ。

大輔が置きっぱなしにしていたスーツはクリーニングに出されていて、新品のワイシャツと靴下と下着が当然のように用意してあった。

それだけじゃない。普段着もパジャマもすでに置いてあるし、洗面所には使った歯ブラシが残っている。だけど、まだ半同棲《はんどうせい》にもなっていない。

一緒に暮らしたいと言われることを望んでいるのかと自分に問いかけながら、マットレスに横たわった。特に意味もなく股間をしごき、ぼんやりと宙を見る。低い天井に圧迫感がある。目を閉じた。

田辺のマンションは居心地がいい。

天井は高いし、家具はシックだし、ベッドのマットは絶妙な硬さで、枕と布団がふわふわの羽毛だ。なによりも、夜中に手を伸ばせば、田辺がそこにいる。

ふいに背中から腕が回ることも、寝ぼけた大輔からしがみつきにいくことも、ふたりにとってはもう普通のことだ。なのに、夜中の電話がかけられない。

こんなことは想像していなかった。『お付き合い』をしたら、もっと頻繁に会うように要求されると思っていたからだ。

いままでみたいな昼間のランチだけじゃなくて、週に何回かの自宅デートも想像した。『帰らなきゃ』『帰さない』とか不毛なやりとりをして、なしくずしでセックスをした翌日の朝にも、また求められて。

大輔が怒れば、田辺が謝る。朝に弱い大輔のために田辺は食事を作っていてくれるが、コーヒーメーカーの使い方ぐらいはいつか覚えることになる。

柔らかいソファに座って、ほかにも場所ならいくらもあるのに、ふたりで肩を寄せ合って新聞を読む。田辺の講釈は大輔の耳を右から左へ流れ、聞いているのかとあきれられて、声は聴いているんだけどなとぼんやり考える。

すべては妄想だ。

「……あーぁ」

夢のような話だと思うのに、手でしごいている場所はいっそう硬くなっていく。

「……んっ」

目を閉じたまま、仰臥《ぎょうが》した。自分の乳首に指を這わせて、そっと触ってみる。たいして気持ちよくないが、『あやの触り方』だと思うと腰が跳ねた。

身体を重ねて横たわり、体温を分けるようにしながらささやかれるのが好きだ。すごい、偉い、素敵と言われて、言葉通りを信じるわけじゃなかった。そうじゃなくて、言葉が嬉しいわけじゃなくて、声の響きの中にある、相手の充足感がたまらないのだ。田辺は、大輔を喜ばせようとして褒めているわけじゃない。あの男は、大輔を褒めるのが好きなのだ。それが、誰に対しても同じだとは思いたくない。これはイレギュラーだと信じているし、そうであってくれと思う。

だから、いままで結婚を考えなかったと言われて嬉しかった。男同士だから、ふたりの間にはありえない話だ。そう思うからこそ、女とも考えなかったと知ったことは大きい。

「……あや」

息が乱れ、最後が近づいてくる。大輔は手の動きをゆるめた。

目を開き、携帯電話を探す。

声を聞きたくて、胸が騒ぐ。もしも電話をかけたのなら、すぐにでも迎えに来てくれるだろう。この部屋は壁が薄いから困るけど、近くのラブホテルならかまわない。

そう考えた直後、『かまうだろ、バカ』と自分をなじった。なにが『かまわない』のか、まるでわからない。恋人同士だからこそ、やりたいから呼び出すなんて最悪だ。

このままイキたくない気分になり、手を止める。

射精するだけで満足するなんてセックスじゃないと思う自分自身を他人のように遠く感じ、そして田辺のことを想う。こんな貞操観念はなかった。

嫁がいた頃も友人に誘われて風俗店に行ったし、田辺なんて性欲を解消してくれる都合のいい相手に過ぎなかった。なのに。いまはまるで違う。

変えたのは田辺だ。責任を取って欲しい。

「……っ」

大輔は舌打ちをして、がばっと起きた。あぐらを組んで、がつがつと股間をしごきあげ、なにも考えずに射精する。やけっぱちだ。精液をティッシュで受けて、先端を荒く拭《ぬぐ》う。

箱に入れずに剝《む》き出しで置いているゴミ袋へ投げ入れ、ユニットバスへ向かった。

嫌なことを思い出してしまい、胸の奥がクサクサする。

ただ、親に対して恋人だと言わなかっただけだ。

それだけのことなのに、頭の中がおかしくなりそうなほど後悔している。母親に怒られても泣かれても、言えばよかった。田辺に対してしてやれることなんて、それほど多くはない。

本人が求めていないことだとしても、愛情表現にはなっただろう。

なにがあっても、俺はおまえを選ぶと、言葉にするよりも確かに伝わったはずだ。甘い言葉なんて口にできない大輔にとっては、千載一遇のチャンスだった。

シャワーを浴びながら、どうしてこんなに好きになったのか、と思う。その次の瞬間には、当たり前だとひとりごちた。

あんなに優しくされて、甘やかされて、見返りもなく愛されて、落ちない人間がいるだろうか。始まりが最悪で、その埋め合わせだと感じていたのは、いつ頃までだったかと考える。いつから自分は、田辺の愛情を信じるようになったのか。

答えはふわふわと摑みどころがなくて、胸の奥がぎゅっと締めつけられる。

もっと一緒にいたい。声が届く距離にいて、さびしくなったら体温を感じて、会話もしないでそばに座っていたい。それだけの望みだ。

「おまえじゃなきゃ、気持ちよくない……」

シャワーの中でつぶやいて、大輔はうなだれた。

自分はこんなにも弱くなった。ひとりでいられなくなって、いつもさびしくて、いつも田辺のことを考える。

だけど、幸せだ。たぶん、幸せなんだろう。

弱くてもいいと、さびしがってもいいと、許してくれる相手のおかげで、お先真っ暗な孤独に打ちひしがれることもない。

もしも田辺がいなかったら、離婚には耐えられなかった。

愛してはいなかったけれど、夫婦だった。いつかどこかでもう一度、心が寄り添う日も来ると、なにの努力もしなかったが信じていた。男と女がひとつ屋根の下で、すれ違いながらも一緒に暮らす。そういうものが『夫婦』だと思っていたからだ。

髪を洗って、泡を流す。

疲労が全身を重だるく包み、今日が終わっていく。

その最後に、大輔は田辺を想う。母親に告げられなかった恋の苦さに顔をしかめ、自分がもっと弱さに寛容だったなら、倫子に役割を押しつけるようなことはしなかったと後悔がよみがえる。『女』だから、家を守るのが仕事で、任せることが当然だと思っていた。女の仕事をしていれば、自分がいなくてもさびしさなんて感じないと、いまになれば、恐ろしく昔気質《むかしかたぎ》なことを考えていた。

人には心がある。女にだって、心がある。人と人は、心を寄せ合って生きていくものだ。

そのことにどうして気づかなかったのか。

あのマンションでひとり、さびしさを抱えて生きていた倫子は、大輔の帰りを待っていた。大輔が『男』だからじゃない。そこには心を持つ存在に対する愛情があった。大輔の知らなかった、知ろうともしなかった『人の心』だ。

もう二度と、同じ過ちはしたくない。

シャワーを終えたら田辺に電話をかけようと決めて、髪をざっくりと乾かしてマットレスに戻った。

しかし、携帯電話を手にしたところで記憶が途切れ、大輔は下着姿のままで眠ってしまう。

夢の中では田辺に電話をかけた。

あいかわらずの優しさをくすぐったく受け止め、幸せな気分で目が覚める。だが、自分が電話していないことに気づき、大輔はそのままぐったりと自己嫌悪に陥った。

＊＊＊

「大輔くーん。悪いんだけど、この書類、作ってくんない？」

デスクに向かっていた大輔の背中に、ドスンと重みがのしかかる。パソコンが苦手な西島は、アナログで作る書類も嫌いだ。

「今週中でいいから」

「嫌ですよ。先週も俺がやったじゃないですか。ちょっとは自分でやらないと、ボケるの、早くなるんじゃないですか」

「意地の悪いこと言うなよ」

「後輩の優しさだと思ってください」

冷たく突き放して、デスクワークに戻る。まだ昼休みは十分ほど残っていたが、あってないような休憩時間だ。早く帰れるあてもないのに、次から次へと押し寄せる仕事に追われる。

「大輔～。頼むよ～」

「あ、電話……」

ちょうどいいタイミングだ。デスクの上の携帯電話を取り上げると、珍しく母親からの着信だった。

なにか問題でも起こったのかと通話ボタンを押しながら部署の外へ出た。廊下を突っ切り、外階段へ向かう。

「もしもし？　なにかあった？」

『まだ休憩時間？　昨日の夜もかけたんだけど』

「あれ、そうだった？　ごめん。着信、見逃した」

『別にいいんだけどねぇ』

のんびりと話す声は、仕事に追われる大輔のペースを乱す。外階段に出ると、日陰にそよ風が吹いていた。爽やかな夏の到来を感じさせ、ペースがまるで違う母親への苛立ちも緩和される。

『あのねぇ、大輔。あんたね、この前に帰ってきたとき、お金包んでくれたでしょう。あれ、本当にあんたなの？』

「え？」

聞き返したあとで、田辺だと気づいた。

「あいつから受け取った？　いつ？」

『あの日の夜なんだけど。よく考えてみたら、あんたにしては気が利きすぎてると思って……。友達には自慢したんだけどねぇ。もしかしたら、田辺さんが用意してくれたんじゃないかと思って』

「なんで、あいつが」

乾いた笑いを返しながら、ワインで酔っぱらって寝落ちした夜のことを思い出す。

夜中に目覚めたときは、隣に寝ていた。

なにも気がつかなかったが、田辺はホテルを抜け出していたのだろう。

『あらぁ、やっぱり大輔だったの』

「……あいつに勧められて。でも、俺が渡しても変だろ。いきなり、だし」

適当なことを言って、話を合わせる。それよりも、いくら包んだか、気になるところだ。

『そうなの。まぁ……、そうなのね。なんだか嬉しいわぁ。仏壇に飾っておこうか』

「盗まれるからやめろよ。好きなものを買うなりすればいいじゃん。足りなかったら、また持っていくし」

『そんな言葉が、あんたの口から出るなんて……。離婚もしてみるものねぇ』

「なんでだよ！　二度と、したくない」

『大人になったわよ』

そう言われて、心がきしんだ。

『田辺さんの、おかげなんでしょう？』

「は、はぁ……？」

思わず素《す》っ頓狂《とんきょう》な声が出る。嫌な予感がした。

夜中にこっそり母親に会った田辺は、ただ金を渡して、大輔の点数をあげようとしたのだろうか。

そんなことは信じられない。あの男はときどき、おそろしいほど計算高い。

『お母さんねぇ、もうすっかり田辺さんのファンよ。また誘って来て欲しいぐらい』

顔がいいからだろうと言いかけてやめる。やっかみに取られるのはおもしろくない。

田辺が都会的な男前だということは、大輔の方がよく知っているのだ。それなのに、ついつい張り合いそうな自分がいてこわくなる。

『嫌われないようにしなさいよ』

「なに、それ……」

『年を取ってからの友達は貴重よ。これから先ねぇ、老人ホームに一緒に入れる友達は絶対に大事にしなくちゃ』

「俺の老後を心配しすぎだろ」

『……田辺さんによろしく伝えてちょうだい。あんたのそばにいてくれて、嬉しいと思ってるから』

「母さん。あのさ……っ！　なに、話した？　あの夜、あいつと、なにを話した？」

『言えないわよ。ふたりの秘密ってやつだものねぇ』

うふふと笑われて腹が立つ。イライラと足で床を叩き、大輔は夏の近づく空を見た。

『あんたがねぇ、ひとりぼっちでさびしくないなら、結婚にこだわる必要もないかと思ったのよ。前の結婚も、あんたには義務感の方が大きかったでしょう。私も、男なら家庭を持つべきだなんて、そればっかり繰り返して申し訳なかったわ』

「な、なんだよ……。やめろよ。どっか調子悪いんじゃないだろうな」

大輔の動揺を感じ取り、母親は陽気に笑った。

『やだわぁ。ピンシャンしてるわよ。あんたのことは、田辺さんに任せておけば心配ないみたいだし。なんだか、五歳は若返った気分よ』

「意味が、わからないんですけど！」

母親が田辺の名前を口にするだけで、わき汗がどっと出る。あたふたしている大輔に気づいているのか、いないのか。母親は軽やかに笑った。

『いいの、いいの。お母さんは、田辺さんをいい人だと思ってるってことよ。顔もカッコしいし、シュッとしてるし』

「え？　ちょっ……」

『まぁ、それだけよ。お小遣い、ありがとうね。大事に使うわね、それじゃあね』

「えええええ……」

一方的に切られた電話を前に、大輔は呆然とする。わけがわからない。まるで狐につままれたような気分だ。

母親の口調からすると、ふたりが付き合っているとは認識していない。しかし、田辺から大輔への矢印は知っていて、それを強い友情だと思っている。

「なにを、話したんだ……。あいつッ」

勝手なことをされたことへの怒りはない。それよりも、真実が知りたい。

慌てて電話をかけると、意外に早く繋がった。オフの日なのか、寝起きの声が聞こえてくる。

『大輔さん？　珍しいね。まだ夢の中じゃなかったらいいけど……、いや、夢でもいい』

「なにを悠長なこと言ってんだよ！　シャンとしろ、シャンと！　いま、どこ？　マンション？　すぐに行くから動くな。微塵《みじん》も」

『それはいいけど、大輔さん、仕事じゃないの』

「それどころじゃない！　おふくろから電話があった。おまえのこと持ち上げまくりの猛プッシュだ」

『結婚は勧められなかった？』

笑い声で言われ、大輔はその場で地団駄を踏んだ。

「おまえ、なにを言ったんだ！」

『ちゃんと話すから、早く来てよ。駅まで迎えに行くから、電車に乗ったら連絡して』

田辺の返事を聞いてから回線を切り、廊下を突っ走って部署に戻る。パソコンの前でうんうん唸っている西島のイスを引っ張った。コマ付きのイスの座面がくるりと回る。

「なにするんだ！　てめぇ！」

怒鳴りつけられたが、両肩を押さえつけて黙らせる。デスクの上の書類を引っ摑んだ。

「俺が、やる！」

勢いよく言うと、

「お、おぉ……。助かる」

西島は勢いに気圧《けお》された顔でたじろいだ。

「だから、半休をもらいます」

「なにがあった」

焦っている大輔の手首をパシッと摑む。互いの視線が交錯して、大輔は大きく息を吸い込んだ。先輩を見据えた。

「なにがあったのかわかんないから、事情聴取してきます。書類は明日の朝イチでやります」

真剣な表情で言い返し、大慌てでデスクへ戻る。パソコンの電源を落とし、帰り支度をして、そのまま飛び出した。


最寄り駅まで行くと、田辺は改札の前まで迎えに来ていた。ざっくりと編んだベージュ色の半袖ニットがやけに色っぽい。真っ白なジーンズは嫌味なほど足が長くて人目を引く。

「大輔さん」

駆け寄る勢いで近づかれ、大輔は少しだけ驚いた。

「会いたいと思ってたんだ」

「え。あぁ……っていうか、話があるから。この辺の喫茶店でもいいや」

「マンションは？」

「とにかく、話をしてからだ！」

ふたりきりになるのはダメだと撥《は》ねつける。ピシャリとした口調に気分を害するでもなく、田辺は肩をすくめただけで歩き出した。

駅前から離れ、路地を縫うようにして進む。

通り沿いに喫茶店が見えた。昔ながらの古びた店だ。

モーニングセット狙《ねら》いで何度か来たことがある。喫煙可だから、客層は偏っているが、居心地は悪くない。

壁際の席を選んで座り、大輔はアイスコーヒーを頼んだ。田辺はそれにトーストセットをつける。

「お母さん、なんて……？」

有線放送から流れる懐メロソングにまぎれ、緊張した田辺の声は大輔だけに聞こえた。

「おまえのファンになったって……。人の母親をたぶらかすな」

「怒ってる？」

ソファの背もたれから身体を離した田辺は、うつむいたままだ。視線はテーブルの一点を見つめている。

「……驚いてるんだよ。全然、知らなかったし。……勝手なこと、しないでくれ」

口にしてすぐに、冷たい言葉だと気がついた。舌打ちをして顔を歪め、大輔は腕組みをしたままソファにもたれる。

言葉を探しても見つからない。だから、背筋を伸ばして、組んでいた腕を解く。

「怒ってるんじゃなくて、その……。報告だけは欲しかった」

「ごめん。怒られるだろうと、わかってたから。あんたからだって、金も渡したし」

「あぁ、それ。いくら？　払うから」

「いや、俺が勝手にしたことだ」

田辺の視線がテーブルの上をスライドして、脇《わき》にそれる。罪悪感があるのだと、それでわかった。

視線の先に手を伸ばして、パタンとテーブルを押さえる。

「責めてない。あや。……俺は、責めてるんじゃない。たぶらかすなんて言葉を使って悪かった。そうじゃなくて、うまくやったと思って……。また連れてこいってさ。おまえに嫌われたら、俺は一生ひとりで、さびしく老人ホームに入らなきゃいけないらしいよ」

「お母さん、ホームへの入居を考えているのかもね」

「え？　そう？　いや、待て。そういう話は、あとにしろ」

「そうだね」

田辺がふっと笑う。今日は眼鏡をかけていない。素顔は温和に見え、大輔は静かに息を吐いた。胸がまた痛い。今日はなぜか、せつなく締めつけられるみたいだ。

ときめいているんだと思い、そんな自分に笑ってしまう。

「俺とのことは言ってないんだろ」

「それは差し出がましすぎると思って。……大輔さんは、自分で言いたい人だろ」

「うん」

「俺が一方的に惚《ほ》れてるって話をしただけだ。肉体関係なんて微塵もないふりをしておいたから」

「あや、おまえさ……。それでいいの」

大輔の言葉に、田辺が顔をあげた。視線はゆっくりと動いて、大輔を見つめる。

それを受け止めて、大輔が続けて話す。

「なんか、おまえにばっかり損させてる……。いつも、そうだ」

「いつも？　そんなこと、考えたこともないけど」

田辺が笑い出し、アイスコーヒーとトーストが届く。

「俺はね、大輔さん。あんたに貧乏くじを引かせたと思ってるよ。俺なんかと関係して、かわいそうなことをしたって、何回考えたか、わからない。それでもやっぱり、あんたがいいから」

「……あ、えっと……」

俺も、と返したいのに、言葉にならない。大輔はしどろもどろになってうつむいた。

頬も身体も熱くなり、汗がじっとりと手のひらに滲む。それをおしぼりで拭って、ついでに顔も拭う。

見ないふりの田辺は、コーヒーを一口飲んで口を開く。

「今夜は、なにを食べる？　外に出るのもいいけど、せっかくだから料理しようか」

「……明日、仕事だから」

「俺は酒を飲まないから、家まで送るよ」

「いや、その……。飲めばいいし、朝、起こしてくれたら……いいし……」

「そっか……。起こすよ」

田辺が静かに答え、大輔は恥ずかしくなった。でも、これで泊まることは確定だ。

大輔は居心地悪く肩を揺らし、指先を適当な方向へ向ける。

「そこのさ、角に、串《くし》焼《や》きの店があっただろ？　俺、そこに行ってみたい。前から、思ってて」

でも、あとの予定が読めないから、過ごし方はいつも田辺に任せっぱなしだった。そうすれば、もれなくセックスがついてくると知っていたからだ。

「そうなんだ。言ってくれたらいいのに。じゃあ、それまで買い物に付き合ってよ」

「服？　ちょうどいいから、俺のも選んで。スーツもよれてきたし、ちょうどいいや。このあたりに紳士服の店って」

「ちゃんとしたの、選ぶよ。もう少し、型崩れがしにくいのを」

トーストにかじりついた田辺はどこか嬉しそうに肩をすくめた。その仕草が見惚れるほどにシャレていて、大輔はまた手に汗をかいてしまう。

「暑いの？　熱でもあるんじゃ……」

田辺が心配そうに眉をひそめる。

「違うから。これは……おまえが」

「俺？　なに？」

カッコよすぎて恥ずかしいとは口に出せない。むすっとしてそっぽを向いたが、思い直した。

「眼鏡してないと、なんか照れる」

「大輔さんが？　……あぁ、はずすとき、決まってるもんね」

そう言われて、身体がカァッと熱くなった。

眼鏡をはずしているのはベッドの上だけだ。だから、自分が妙に恥ずかしいのは、そのときを思い出すからだと気づいた。瞬間、いたたまれなくなる。

気づかないうちに、そのときの田辺を思い出して、ひとりで勝手に照れていたのだ。

「もぉ……俺、やだ……」

ぐったりと肩を落として、大輔は自分の顔を手で覆った。

喫茶店を出てから、一度マンションに戻り、大輔は着替えて、田辺は眼鏡をかけた。それから車に乗って、大型のデパートへ向かう。

田辺の買い物に付き合いながら、大輔もとっかえひっかえ試着させられる。数店舗をハシゴして、田辺は何枚かの服を買った。大輔のものもついでだからと支払われてしまう。

「俺の金は汚いとか思ってない？」

図星を刺されて押し黙った大輔を、田辺は軽く笑い飛ばした。

「ちゃんと調べてよ。俺は投資でも儲《もう》けてるからね」

「……大滝組のひとり息子だろ？」

ヤクザ稼業に嫌気がさして、海外へ飛び、巨額を動かしていると言われている男だ。その金が実家に流れ込んでいるという黒い噂がある。でも、しっぽを掴んだ人間はまだいない。おそらく、触れてはいけない部分だ。

「岩下さんの正業だよ」

田辺が答える。投資会社とデートクラブの運営が、岩下の資金源だ。しかし、投資会社の方は巧妙に隔離されている。

「おまえも金を預けてんの？」

「利益を出してくれるからね。大輔さんも……と言いたいけど、上から目をつけられたら困るね」

「どうせ、そいつらが預けてるんだろ」

大輔のような下っ端がおこぼれに与《あずか》ろうとすれば、自分たちの利益が減るかもしれないと不安になって、カウンターパンチを繰り出してくるやつらだ。同じ組織にいても、立場には雲泥の差がある。

「俺だって、安いけど給料もらってんだよ……」

ぼやく声は尻《しり》すぼみになる。

養う相手がいなくなり、ギャンブルをしない大輔の貯金は増える一方だ。

「荷物、貸せよ。持つから」

収入で張り合うのが子どもっぽく感じられ、手を伸ばす。

「俺の方が背が高い」

そう答えた田辺は、ショップの袋を肩から下げたまま、身をよじる。

「関係ないだろ。ひとつ、持つから。持たせろよ」

「付き合ってくれるだけで、じゅうぶんだ」

「俺の服も入ってんじゃん」

「そうだ。お揃いのパジャマでも買おうか」

話が斜めに飛んでいく。

「はぁ、なに言って……」

いいから、いいからと軽くあしらわれて、高級感漂う専門店へ連れていかれる。

「大輔さんは、シルクよりもダブルガーゼがいいよね。夏が近いし……、縮《ちぢみ》なんかも気持ちがいいんじゃない？　これにしようか」

田辺の買い物はテンポがいい。予算が青天井だからだ。気に入れば値札を見ることなく即買いする。

「大輔さんは青で、俺は……」

「これ」

夏に向けて作られた陳列棚の前で、大輔は商品を指さした。ラベンダー色のパジャマだ。

「色がエロいから、おまえっぽい」

「褒め言葉？」

「知らない」

そっぽを向いて、すたすたと離れる。

オシャレに飾られた店内の一角に、夏掛けのタオルケットが並んでいた。なにげなく触れた一枚に惹《ひ》かれた。肌触りが優しくて、クーラーの効いた部屋で使えば気持ちがよさそうだ。

「プレゼントしようか。うちにも一枚、大輔さんの部屋にも、一枚」

レジにパジャマを預けた田辺が寄ってくる。

「もったいない」

即答したが、名残惜しく触っていては、本心を話しているも同然だ。

自分でも買える値段だが、勇気がいる。タオルケット代わりにしている大判のバスタオルはまだ使えるのだ。

「じゃあ、俺に買って」

田辺の声が耳元でして、振り向いた大輔はその近さに驚いた。

「おまっ……近いっ！」

文句を言うと、タオルケットを一枚、押しつけられた。田辺はもう一枚取り出す。

「俺が買う分は、大輔さんが家で使って。俺はそれを使うから」

同じ商品を送り合う意味がわからずに首を傾げると、田辺は肩にもたれるようにして顔を近づけてくる。

「ただのお揃いよりも、プレゼントされたものの方が、相手を思い出せる」

「……なんだよ、それ。嫌だな」

思わず口に出た言葉が悪態めいて、大輔はハッと田辺を振り向いた。嫌な気分にさせたかと思ったが、相手は笑っている。

「俺を思い出すと、さびしくなる？　なんてね……。そんなこと、ないか」

自己完結して微笑み、田辺はレジへ向かう。その背中を追いかけながら、大輔はタオルケットを小脇に抱えた。

もしかして、田辺も同じなのだろうかと思った。ひとりの夜はさびしくて、着信のない携帯電話をじっと見つめたりするのだろうか。

「おまえの方なんだろ。さびしくなるのは」

背中に声をかけると、肩が小刻みに震えた。笑っているのだ。

「それはそうだよ、大輔さん」

朗らかに返事をする笑顔が優しくて、大輔は笑えなかった。

胸がきゅっと痛んで、せつなくて、これ以上ときめいたら死にそうだとさえ思う。

「おまえが家で待ってるみたいで、いいのかもな」

つぶやいた声を聞きつけた田辺が、驚いたように振り向く。大輔は笑顔を作ってみる。

それはみっともなく歪んで、片頬が吊《つ》り上がっただけだ。それでも愛《いと》おしそうに見られて、たまらずに背中を叩いた。

痛いと言いながら嬉しそうな田辺の背中に取りつきそうになり、いまはダメだと自分に言い聞かせる。

買い物を済ませて車に戻り、シートベルトをつける前に、ようやくどちらからともなくキスをした。

田辺はどんどん優しくなるみたいだ。恋人になったからだろうかと思い、この男も変わったんだと実感する。

弱くなったのか、強くなったのか。聞いてみようとしてやめた。

田辺にとって大輔は『弱点』だ。その点では弱くなっただろうが、守ろうとしてくれる田辺はやっぱり強い。

「戻って、食事に行こう。その前に、タオルケットだけ、大輔さんの部屋に置いた方がいいね。途中で寄ろう」

「……うん」

離れていくくちびるを見つめ、あともう少しとさびしくなる。

「大輔さん。キス、もう一回？」

シートを摑んだ田辺が身を乗り出す。大輔も身体をよじった。

くちびるが触れ合い、深く重なる。上くちびるを食《は》まれ、下くちびるを吸われ、舌先がほんの少しだけ互いをかすめた。これ以上は本気のキスになるという手前で、大輔から身を引く。くちびるを手の甲で拭い、うつむいて息をつく。

危うく、股間が反応しかけた。というよりも、少しだけ大きくなっている。

田辺はからかいも口にせずにエンジンをかけた。

今夜は泊まりになると決まっている。大輔のマンションに寄っても、そこで別れることはない。

「ダメだね」

突然、田辺が言った。

なにごとかと振り向くと、つけたばかりのシートベルトをはずして、大輔のくちびるにもう一度キスのスタンプを押す。

キスが足りないから『ダメ』なのだ。

チュッと甘く音を立てられて、大輔はまた手のひらに汗をかいた。


ずっと目をつけていた変わり串焼きの店へ行き、晩酌程度に酒を飲んだ。ほろ酔いで歩く道は、まだ宵の口だ。途中のコンビニでアイスを買って戻る。

それを冷蔵庫に入れたのと同時に、田辺に抱き寄せられた。

「……おまっ、え……」

文句をつける暇もなく、あごを押さえつけられ、貪《むさぼ》るようなキスで腰が砕ける。冷蔵庫に背中を預けると、首へ腕を回すように促された。

「んっ、んっ……はっ、ん……」

「アイスは、してから……ね」

「から、だ……、洗わせろ……」

「ダメだ。待てない」

七分丈のシャツの裾《すそ》をチノパンから引き出し、性急な仕草で指が這う。肌を撫でられ、大輔は小さく喘《あえ》いだ。

「ん……」

「もう感じてるの？　かわいい声が、出てる」

「言うな……」

「じゃあ、しゃべる暇がないぐらい、大輔さんの声を聞かせて」

わき腹を撫でられ、耳の形をなぞるようにキスをされる
「はっ……ぁ。……ん」

わき腹も弱ければ、耳も弱い。さらに腰砕けになり、田辺の胸を押し返した。

「立って、られない……」

「じゃあ、ベッドで」

両手をぎゅっと握ったあとで、手首を引かれた。寝室まで連れていかれ、お互いの服を脱がし合う。田辺は大輔のボタンをはずし、大輔は田辺のベルトをはずす。

田辺の指が、そっと大輔のあご先を促す。顔をあげるとくちびるがかすかに触れ合った。

「もっと、デートできるといいのに」

今日の買い物がよほど楽しかったらしく、田辺の声は朗らかだ。大輔は戸惑って答えた。

「……おまえが、言わないから」

「俺のせいか……。ごめん」

「じゃ、なくて……。俺は、買い物とか、興味ないし。言ってくれれば付き合うのは、別に……」

「俺のわがままに付き合わせるみたいで、なんだか……」

そこまで言わせて、大輔は相手のくちびるを手で塞いだ。

「わがままじゃない」

強い口調になった。そのまま、背中を向ける。

シャツを脱いで、チノパンを押し下げた。

勢いよく全裸になって、もう一度、「わがままじゃない」と繰り返した。

「つ、付き合ってるんだし。前とは、違う……だろ」

「大輔さん」

田辺の腕が、背中から胸に回る。裸の胸が寄り添って、腰の裏に硬いものが当たった。

「やばい、大輔さん……。そんなこと言われたら、勃つ……」

「意味がわからない」

硬い声で答えても、本心は読まれている。

「嘘ばっかり。わかってるだろ。……俺は、嬉しいんだよ」

ささやかれて、大輔はぶるっと震えた。

「あや……」

「なに？」

「俺も勃起した」

「……やらしい」

「おまえだってそうだろ」

腕を振り払ってベッドの上に逃げると、追ってきた田辺に足首を摑まれた。

「もっと、いやらしくなろうか。ふたりで。……恋人同士だからするセックスだ。して欲しいことはなんでもしてあげる」

「俺も……」

「無理はしなくていいよ。俺にはまだ、してあげたい、いやらしい愛撫がいっぱいある」

「なんか、こわいな」

覆いかぶさってくる田辺に身体を開かれる。薄暗い部屋の中で、大輔は照れて笑った。

利害関係は、もうなにの言い訳にもならない。気持ちがいいから抱き合うことは変わらないのに、そこには通じ合った互いの想いがある。

好きだから抱き合う。ごく普通の理由だ。

それが、ふたりには一番難しかった。ここへたどり着くまでの戸惑いは数え切れない。

そっと背中に腕を回すと、キスが始まる。大輔はぎこちなく、田辺の背中を撫でた。それから、腕をさすって胸を撫でる。身体つきを確かめると、胸の奥に込みあげるものがあり、息が甘く乱れてしまう。

これが、自分の好きな男だと、指先が田辺を確かめたがっている。

「いやらしく触るね。酔ってる？」

「少しだけ……。意識はある。おまえも、こうされると興奮する？」

「それは触って確かめて」

手を摑んで、腰へと導かれる。ぐんと反り返ったものは、もう臨戦状態だ。興奮は隠しようもない。

「エロい……」

「あんたのせいだ」

田辺がせつなげに言う。

「責任取る……。口で、しようか」

先端を撫でながら言うと、

「それはまたあとで。今度は俺に探らせて欲しい」

田辺の手が、優しく大輔の肌を撫でた。手の甲側で首筋をたどり、肩を確かめられる。手首からわき腹へ移って、へそのふちをぐるりとなぞった指が身体の中心をたどって上がる。

「敏感な乳首……。もうこんなにコリコリに勃起してるね。触られるの、好きだよね」

「……んっ」

指の腹でさわさわと撫でられ、押し込まれ、根元からしごかれる。大輔は顔を背けて、ぎゅっと目を閉じた。

「我慢しないでいいから」

「だ、って」

「ここで感じる声だって、もう何回も聞いた。俺はすごく好きだよ。ね、聞かせて」

両方をつままれて、大輔は身をよじった。吐息をついたが、快感はじわじわと高まって、はぁはぁと息が乱れる。くすぐったいような、じれったいような刺激にくちびるを噛んだ。

「ん、ん……」

緩急つけた刺激に翻弄《ほんろう》されて、目を閉じてみてもやり過ごせない。吸い込む息も詰まり、

「あぁっ……」

と声が出る。

「はっ。ぁ……ん、んっ。あ……ぁ……」

「きもちいい？」

「……んっ、いい……」

「こうやって優しくさすられるのが好きでしょ？」

「んぅ……はぁ、ん……ん」

「舐めようか。それも好き？　吸うのは？」

「おまえの、したい、ように……」

「大輔さんの気持ちいいことがしたい。今日の気分があるだろ？」

「手ぇ、止め、んな……」

田辺の指の上に、手を重ねる。

「もっといじって、欲し……んっ。あ、あっ。舐め、るのも……吸うのも。して、くれ……」

「したくてしてるけどね……。勝手にいじるのは、卒業したい。ね……」

左の胸筋を揉みしだくように摑まれ、指の間からぴょこんと飛び出た乳首をぺろりと舐められる。背中がぞくっと震えて、大輔は小さく息を吸い込んだ。

「小さくて、いやらしい乳首……」

きゅっと吸いつかれ、たまらずに身をよじる。感じているとわかれば容赦なく追い込まれ、唾液《だえき》まみれにされた乳首は舌先で右へ左へと転がされた。潰《つぶ》すように押される。

「んっ……はっ……。い、や……っ」

本当に嫌で言うわけじゃなかった。快感が募って、そう訴えるしかない。

「いや？　やめる？」

わかっていて顔を離した田辺は、楽しそうに微笑んでいる。細めた目に欲情が見え、大輔の足には濡れた先端が当たっていた。

「やめるな……。そういう、いや、じゃない」

「もっと吸って欲しい？」

「いじって、欲しい……」

口にすると、恥ずかしさに肌が突っ張った。ぎゅっと緊張して、弛緩《しかん》した瞬間に汗が滲み出す。

「あや。おまえ、意地が悪い……」

「そう？　そんなつもりはないけど」

「嘘つけ。おもしろがってるだろ！」

「楽しくはある、かな」

大輔の両乳首をくりくりといじりながら、田辺はキスを求めてきた。そっと舌先が触れ、くちびるが軽く押し当たる。

「んっ。はぁっ……ぁ。おまえの、指……、なんで……。エロ、い……あっ、あ……」

「大輔さんに触ってるからだ」

「違うだろ、そうじゃない」

女にも同じように触れるはずだと言いかけたくちびるを塞がれた。

「誰に触っても、あんたを思い出してる。もう、大輔さん以外ではイケない身体だ。……エロく感じてくれてるとしたら、俺が、あんたを喜ばせたくて、頑張ってるからだ。ね、これは？　好き？」

「あ、あぁんっ……ん！」

不意打ちに刺激を与えられ、大輔は大きく声を放った。名残りが尾を引き、腰が浮く。

「甘イキしちゃった？　気持ちよさそうだ。目が、とろっとして……」

なおも乳首をいじられて、大輔は何度ものけぞる。こらえようとしてもできずに、声がくちびるから溢《あふ》れ出た。

「……や、だっ……んっ、ちょ……待っ、て……い、や……もうっ」

「いいよ。感じて？　ここでたっぷり甘イキできたら、今度はしゃぶりながら指を入れてあげる。中をこすって、感じるところ全部をほぐしてから、俺ので虐《いじ》めてあげる」

「ん、んっ……あぁっ……やっ」

「かわいがる方がいい？　でも、大輔さん、ちょっと強引な方が好みだろ。俺ので深いところまでえぐられて、泣きながら喘ぐの……最高に気持ちいいと思わない？」

「あ、あっ……んっ！　あぁ、乳首……。すごっ……い。あぁ、あっ、あっ！」

握った拳の甲をくちびるに押し当てて、大輔は背をそらした。ヒクンと身体が揺れて、ぶるぶると震える。身体の中心で反り返ったものは、根元から硬く勃起していた。

根元を掴まれ、大輔は興奮する。腰がおのずと前へ出て、田辺はほくそ笑むように、くちびるの片端を引き上げた。いやらしく欲情した顔だ。

「すごいね。ガチガチになってる。血管が浮いて……」

息が吹きかかり、指先でなぞられるだけでも腰が揺れる。じっくりと見られたが、羞恥《しゅうち》を感じる余裕はなく、ねっとりとした舌が絡むのをただ待つ。

「あ、あっ……ん……んっ」

張り詰めた先端にくちびるが押し当たり、先走りでぬるぬると動く。ソフトタッチな愛撫に焦《じ》れた大輔は、腰を突き出した。田辺の手が尻を掴み、いきなりそこを割り広げられる。人目に晒す場所じゃないところが空気に触れた。大輔の身体はいままでの行為を思い出す。きゅっと締まるすぼまりに、田辺の親指が食い込んだ。

それと同時に、裏筋をべろりと舐めあげられる。その下品なほどあけすけな舐め方は、勘所を知っている男ならではの動きだ。

「あ、ぅ……っ」

前と後ろ、どちらにも集中できず、それがかえって快感を長引かせる。ずくずくと疼《うず》くのは腰の内側だ。

「あっ、あっ……、エロい……、あやっ……、あや……っ」

名前を呼んで、髪に指を潜らせる。引き寄せると、田辺は喉のかなり奥の方まで大輔を飲み込んだ。キュッと吸われ、大輔の息は引きつれて喉に詰まる。

気持ちよさで脳が動かず、ただ喘いだ。指がすぼまりを突き、尻が揉みしだかれる。やがて、身体を反転させられ、腰を高く引き上げられた。ローションを施されると思ったが、それよりも先に、田辺の舌が這った。

熱い息が割れ目の間に吹きかかり、大輔は「ヒッ……」と悲鳴をあげる。逃げようとした腰を引き戻され、すぼまりが舐め回される。

「あ、あっ……、舌、入れ……たら、だめ……。だめ、だから……っ」

必死に訴えても、田辺は聞く耳を持たない。ベロベロと舌で舐め回され、卑猥《ひわい》さが極まって、頭の芯がぼんやりとしてくる。

興奮したような田辺の息づかいが響き、大輔は陥落した。腰を突き出すと、すぼまりから性器までの道筋にも舌が這う。

震えが止まらないような快感に襲われ、大輔は挿入されたあとのようによがった。事実、舌先がぐいぐいと押し込まれる。

「あ、あっ……あぅ……んっ。んっ……」

田辺の唾液が垂れるのがわかり、舐めほぐされた場所にふたたび指が這った。

「あ、あっ……」

指はスクリューのような動きでねじれながら押し入ってくる。節くれた男の指が、ほどけ始めたすぼまりを刺激して前後に動いた。

「もう濡れてるみたいにビショビショだ」

「んっ、ん……ゆ、び……」

「うん……、もう根元までずっぽり入ってる。やらしいね。引き抜くと、ほら、肉がまくれて、ついてくる」

「言わな、くて、いい……っ」

「見えないから、不安だろ？　あぁ、すごい絞めつけてる。もう欲しいの？　おねだりする？」

「あ、あっ……ん」

ずくずくと指が動き、中を掻《か》き回される。指が二本に増え、ローションが足されて水音が大きく響き出す。

「おねだりされる前に、俺の方が欲しくなっちゃったな……。ね、大輔さん。すごくエロくて、いやらしい。我慢できないから、もう入ってもいい？」

「ん……、んっ」

いいとも悪いとも言えず、大輔は自分の手を後ろへ回した。額《ぬか》ずいて腰を上げ、震える指で尻の肉を割り開く。

言葉で誘う代わりの、いやらしいポーズだ。

「……積極的だと、こっちも燃える。今日はもう、すごく太いよ。つらいかも……」

ぐっと質量が押し当たり、弾力のある先端がすぼまりを開く。

「ふ……ぅ、う……ん……」

呼吸を合わせた大輔は、手を伸ばして、枕を引き寄せた。だが、顔を伏せるのは間に合わなかった。窮屈なすぼまりを亀頭が突き抜け、そのままずぶずぶとめり込んでくる。

「はぅ……っ！」

背中をのけぞらせ、顔をあげた。

「待、って……あ、あっ、あぁっ……あぁっ！」

繊細な内側を、凶器のように固いものでこすられ、声がひっきりなしに出る。とっさに逃げようとした腰に腕が巻きつき、田辺の体重がのしかかる。

「逃げ、ない、で……。ごめん、奥まで一気に突いちゃった……」

「うご、くな……。まだ、だめ……だ。あや、だめ……」

「無理……」

田辺は息をこらえたが、先端はコツコツと壁を突く。

「我慢できない。気持ちよくて……無理だ」

「あっ、あんっ……んんっ。あー、あっ、あん、あ、んっ」

田辺の動きが大きくなる。ぐいぐいと突き上げられ、苦しさで涙が滲む。

でも、貪られている感覚が大輔をダメにさせた。くぐもった声はすぐに嬌声《きょうせい》へ変わり、田辺の動きに合わせて腰が揺れる。

「きもちいい？　大輔さん……っ。俺は、すごい……」

「ん……あっ、あっ。んっ……いい、いいっ。きもち、いい……っ」

「恋人のセックス……。好き？」

さらに奥へとねじ込まれ、大輔は両手の拳を握りしめた。

「あぁっ！」

田辺の動きが止まり、大輔は背中を丸めてぶるぶると震える。

気持ちよくてたまらず、乱れた息を細く繰り返す。

「ん……ん……。すご……。あぁっ。太い……。あや、の、すごっ……い……」

「奥に、当たってるでしょ？　大輔さんのやらしい場所に、俺のがキスしてる。……ん、動いてるね、中。うねうねして……。俺も、気持ちがいい」

「あっ、あんっ……ん、ん。おく、きもち、い……っ。あぁ、バカになる。ダメだ、こんな……あ、あっ、あんっ、んんっ！」

田辺がゆらゆらと揺れて、その動きは次第に強くなっていく。深々と刺さった太い幹が前後に動くと、絡みついた大輔の内壁も前後によじれて刺激される。

息が詰まるような快感がひっきりなしに訪れ、大輔はわぁわぁと喚《わめ》くように喘いだ。もっととねだって腰を振ると、田辺はいやらしい腰つきで大輔に応える。

互いの身体が汗を滲ませて濡れていき、繋がったまま、正常位になって抱き合う。

「あや。きもち、いい……すごい、もう、すごい……っ」

「ん……うん……大輔さん。あぁ、エッチな顔して……エロいね。……俺とするの、そんなに好き?」

「うん、うん……。すき……、あやのエッチ、好き……っ」

理性はもう弾《はじ》け飛んでいて、大輔は臆面《おくめん》もなく口に出した。汗ばんだ男の肌にしがみつくと、涙がじわじわと溢れ、視界が歪む。

「突いて……もっと、俺のこと……もっと」

「うん、突いてあげる。めちゃくちゃに貪らせて……。いつもの格好してよ、大輔さん。ね、いい子だから、あんよを、ほら抱っこして、ぜんぶ俺に晒して……」

「や、だ……っ」

「もっと突いて欲しいなら、協力して……」

「んっ、んっ……」

膝裏《ひざうら》をそれぞれの腕で抱くと、腰が持ち上がる。

「ちゃんと顔を見てて、大輔さん。あんたの中で気持ちよくなって、腰の動きが止まらない男の顔、ちゃんと見て」

「あっ、あ……っ！」

大輔は奥歯を嚙みしめながら、田辺を見た。もうずいぶんと我慢しているのだろう。はぁはぁと繰り返される息づかいには、大輔を求める衝動も混じっている。

「あぁ、イキそう……っ」

田辺の表情が歪んだ。限界をこらえる、せつなげな顔だ。

「ん、んっ……あ、あっ……あ、あ、くる……っ。うしろで、いく……っ。あぁっ……」

足を抱えたまま、大輔は大きく息を吸い込んで止めた。ガクガクと震える身体を容赦なく揺さぶられ、荒波のような快感にさらわれる。

大輔に思う存分の悦を貪らせたあとで、田辺は果てた。ドクッと脈打った幹が震えて、大輔の中に熱いものが注ぎ込まれる。

「出て、る……っ」

「そんなに、絞めつけたら……だめ、だ……から。くっ……ん」

苦しそうに眉をひそめた田辺は、中に身を置いたまま、大輔のものを摑んだ。半勃ちのまま揺さぶられていたそれは、いつのまにか白い液体を吐き出していたが、田辺にしごかれるとすぐに芯を持った。

「やっ……。イッた、ばっか……」

「優しくしごくから」

「それも、ダメ……っ。う、うんっ、んっ……あ、あっ！」

激しく手筒を動かされ、大輔はあっという間に果てた。わずかな白濁が飛び出ていく。乱れた息を繰り返して放心した大輔は、田辺の腰が離れていくのを感じた。無意識のうちに引き留める。腕を摑んで、大輔からキスをねだった。

ふざけ合うようにくちびるを重ね、離し、また重ねる。そのうちに、田辺が身を引いた。ずるりと抜けて、大輔はものさびしさを覚えてしまう。

髪をかきあげた田辺が言った。

「タオルを絞ってくる」

「……いやだ」

じっと見つめると、目を丸くした田辺は、ベッドから下りるのをやめて、大輔の隣にごろりと横たわった。伸ばした腕の中に転がり込む。

もう片方の手が伸びてきて、大輔の髪をいじり出す。

「シャワー浴びたら、アイスを食べよう。それからテレビでも見て、寝る前に、また触り合いたい。大輔さんは、好きじゃない？　イチャイチャしながら寝るの……。俺は別に、そういうタイプじゃないんだけど。あんたとは、したいな」

「俺は……」

大輔はほんの少しだけ黙り込んで、部屋に漂うふたりの気配を感じた。いつから、この部屋は、田辺だけの寝室じゃなくなってしまったのだろう。

初めて来たときは、他人の部屋だったのに、いまはもう、自分の家みたいに感じている。

「おまえといれたら、それでいい」

ぼそりとつぶやくと、田辺が抱きついてくる。まるでしがみつくみたいに、手足が絡みついた。

「あんたは、本当に……かわいい」

幸せそうに言われて、胸の奥が熱くなる。大輔は黙った。なにも言うことはない。

ただ、ふたりの間にたゆたう恋の色を、ぼんやりと見つめるだけだった。


夜中に目が覚めた大輔は、ふらふらとキッチンへ入った。喉が渇いている。冷蔵庫を開けて、ミネラルウォーターのボトルを手に取った。

そのまま、なにげなくリビングへ出て明かりをつけると、まるでホテルのような部屋が照らし出される。広いスペースに置かれた高級家具は、どれもセンスがいい。

飾られたアート写真はモノクロで、田辺らしい落ち着きがある。

眺めながら壁にもたれ、ミネラルウォーターのフタを開けた。

大輔がパジャマ代わりに着ているのは、ジャージ生地のズボンと洗いざらしのTシャツだ。

ミネラルウォーターはよく冷えていて、喉から胃へと流れ込むのがわかるほどだった。喉の渇きが解消され、一息つく。

田辺のマンションは、きれいに片付いている。しかし、生活感はあった。テレビの前のテーブルには雑誌と新聞が並び、付箋《ふせん》とペンがトレイの上に置いてある。普段は脱ぎっぱなしの服や靴下も落ちているらしいが、大輔が来るとなると片付けてしまうので見たことはなかった。

田辺がここへ引っ越したのは、大輔との仲がいよいよ深くなってからのことだ。女を連れ込んでいない部屋を用意したなどと言われ、からかわれていると大輔は思った。でも、田辺はそういう男だ。人を騙して金を巻き上げながらも、どこか生真面目な自分だけの法律を持っている。

部屋の明かりを消すと、フットライトが廊下を浮かび上がらせる。ひたひたと歩いて寝室へ戻った。室内に、静かな田辺の寝息だけが聞こえていた。ルームライトのほのかな光に背を向けている。

大輔はわざわざ田辺が眠っている方へ回り込んだ。しゃがんで、顔を見る。女とは違う硬い線なのに、眠っていればどこかあどけない。幼さも感じられて、思わず笑ってしまう。

「無防備だなぁ」

つぶやきながら水を飲んで、またじっくりと寝顔を眺める。

実家へ帰った日の夜。田辺はわざと大輔を酔わせた。

こっそりとホテルを抜け出して、ひとりで大輔の母親と向き合ったのだ。また、自分が問題を背負えば、大輔の憂鬱《ゆううつ》が解消すると思ったのだろう。

岩下との関係や、彼の嫁である佐和紀との取り引きも同じだ。大輔の立場とふたりの関係を守るためなら、田辺は損得勘定を度外視してしまう。

大輔のためにリンチにかけられたことも、一度や二度じゃない。そのたびにケガをしていたが、恩着せがましいことは冗談でしか口にしない。

それを男らしいと取るべきなのか。それとも、信頼されてないと思うべきなのか。

答えを出さないままで、ずるずると関係が続いてしまった。

「おまえ……さ。どうしたいの？」

このままふたりでいるために。そう言いかけて、大輔は口をつぐむ。思いつきの願望さえ口に出さず、ただ沈黙を守った。

その場しのぎだと、知っている。

終わるまでは幸せな気分でいたいと願うことが、もしかしたら、この男を傷つけているのではないかと不安が脳裏をよぎった。

誰よりも大輔のことを想い、ふたりの関係のために傷を負ってきた田辺だ。心の中には、口に出さない願望があるはずだ。

それはきっと『別れるまでは平穏でいたい』なんて、後ろ向きな考えじゃない。

ペットボトルを床に置いて、大輔はベッドの端に摑まり、顔を伏せた。

かすかに田辺の匂《にお》いがする。柑橘《かんきつ》系の爽やかな香りだ。

田辺は本心を口にしないだろう。

大輔の望まないことだと思うから、口を閉ざす。

いいから言ってみろとは、大輔にも強要できない。田辺の願いであるなら叶《かな》えてやりたいが、たぶん、きっと、無理だ。

大輔が刑事でなければ。

田辺がヤクザの片棒を担いでいなければ。

男同士でも未来は見えただろうか。

「どうしたの、大輔さん……」

ふわりと髪が揺らされて、大輔は泣きたいような気持ちで肩をすぼめた。小さくうずくまるように背中を丸めると、田辺に腕を引っ張られる。

「びっくりするだろ……。おいで、ここ……」

ミネラルウォーターのボトルを床に残して布団の中へ引き込まれる。柔らかな仕草で抱き寄せられ、男の胸板が頬に当たる。大輔は片手を押し当てた。田辺の胸は、武道で鍛えている大輔よりも薄い。だけど、広かった。

「なにをしてたの」

かすれた声が額に降りかかる。

「見てた……。おまえの顔」

「おもしろかった？」

寝ぼけたように笑う田辺を盗み見ると、目は閉じられていた。大輔の声に気づいたが、まだ意識は眠っているのかもしれない。

「……寝てるときは、かわいい、な、って……」

「マジかぁ……。あんたの方が、何倍もかわいいけどね」

背中を撫でていた指が這い上がり、耳たぶをこねられる。大輔が身をよじると、田辺は嬉しそうに笑い声をこぼす。

「もう、寝なさいよ。朝もしたいから」

「俺は嫌だ」

田辺の身体に腕を回して、胸をすり寄せた。つむじを目がけて田辺の息がかかる。

「言わないんだよ、そんなこと」

優しい声で諭されて、大輔は大きなあくびをした。不思議と、眠たくなってしまう。

うとうとと意識が遠のいた。

「あんたに嫌がられたら、なにもできなくなる。……ね？」

田辺の優しいささやきが遠のいていき、目を閉じた大輔は、ぬくもりに包まれたままで眠りに落ちた。裸足のつま先が触れ合って、身体はぴったりと寄り添う。

大輔の『嫌だ』は、まだ眠りたくないという意味だったが、田辺は朝の行為を拒んだと取った。

違うのにと思いながら、大輔は同時に、ずっと一緒にいたいと思った。

だいそれた望みだ。でも、いつかはそれを、田辺に向かって言いたい。

きっと喜んでくれる。そう思えることの幸福さには、まだ気づいていなかった。

＊＊＊

これまでの関係なら、会うのは一ヶ月に数回。そのほとんどが、情報源と疎遠にならないための繋ぎだった。セックスが絡むのは数ヶ月に一度か二度。

　いまはそこに、毎日の昼食メールが加わっている。

　いつも通りに写真を送り、午後の勤務につく。夕方に差しかかった頃、田辺からの着信に気づいた。かけ直すために外階段へ出る。

　買い物デートをしてから十日ほどが過ぎ、そろそろ繋ぎのためのランチをする頃かと大輔は思った。西島にも関係を知られているから、情報源とのやりとりという大義名分を装う必要はほとんどなかったが、言い訳がないと会うことはままならない。

　電話もメールも最低限しか交わさないのが、暗黙のルールだ。そして互いに忙しい。

　回線が繋がり、田辺の声が聞こえた。

『仕事中にごめんね。いま、だいじょうぶ？』

「いいよ。そろそろ昼飯にでも行く？　明日とか？」

『そうじゃなくて……』

　田辺が言いよどむ。

「なんか、あった？」

　大輔は声をひそめたが、電話の向こうの田辺は笑った。

『あったと言えば、あったかな。心境の変化、ってやつ……』

「なに、それ。心入れ替えてカタギにでもなるのか」

　冗談を口にすると、田辺は少しだけ沈黙した。大輔が不自然だと思う前には、話し始める。

『デートをね、しないかと思って』

「ん？」

『なるべく時間を作るから、即ホテルとかじゃなくて、家でもなくて、この前みたいなデート……』

「もっと、うまい誘い方すると思ってた」

『いろいろ考えてるうちに一週間以上経ってたよ。バカみたいだと、思って。ランチ密会はそのまんまで、ちゃんとデートがしたい。もっと会いたいんだ』

ささやくように言われ、断られることも考えているのだと、恋愛に鈍感な大輔でも気がつく。

「……ちゃんと、って？　俺にはよくわからないんだけど……。どういうの？」

胸の奥が頼りなくなって、階段の壁を軽く蹴《け》りながら聞く。

『大輔さん、野球を見に行きたいって言ってただろ？　あと、映画とか。大輔さんの好きそうな居酒屋を開拓してみるとか……』

「デートっていうか、普通だな」

友達と遊ぶような内容だ。田辺が言い出すのだから、フランス料理のフルコースだとか、こじゃれたバーへ行くのかと思っていた大輔は拍子抜けする。

「おまえさぁ、また俺に気を使ってない？　この前のホテルでフランス料理も退屈じゃないってわかったし、ジャズバーとかでもいいよ？　シガーバーとか行ってみたいし。俺もさ、おまえの好きそうなとこ……ちょっと興味ある」

『……ありがとう。じゃあ、そういうことでいいね』

「いいよ。そんなこと、十日も考えてたって、おまえ、マジで？」

『大輔さんは、会わなくても平気なタイプだろ。……だから』

「忙しいのはおまえも同じだろ。こっちだって遠慮してんだよ」

胸の奥がくさくさとして、刺すような痛みを感じる。

会わなくても平気なんじゃない。我慢しているだけだと、心の中でだけ訴える。

恥ずかしくて口にはできない本音だ。

『大輔さんの空き時間に合わせられるように、仕事は調整するつもりだから』

「だいじょうぶか、おまえ」

岩下の手前、許されることなのかと不安になる。

『払うものを払ってれば、問題ないよ。だから、時間ができたら教えて欲しいんだけど』

「おまえから誘ってもらった方が楽だな。その気にならないと時間作れないし……」

答えた先から、大輔は首をひねった。この返事は間違っていると気づき、慌てて言い直す。

「お、俺から連絡する……」

『いいよ、無理しなくて』

「いや、無理してない。ちゃんとする。残業で抜けられなくて、ドタキャンするかもしれないけど、埋め合わせは考えるし。本当はさ、週末だって、寝てるだけで休みが終わることもあるから。もう、いっそおまえのマンションで寝ていいなら、そっちの方が助かるし。……うれ、し……ぃ、し……」

自分の顔が真っ赤になっていくのがわかる。恥ずかしくてたまらず、大輔はガツガツと壁を蹴り続ける。

女と付き合っているときさえ、こんな気持ちにはならなかった。

望んでくれさえしたら、三日続けて徹夜してでも仕事終わりの時間を作る気でいるなんて、自分が信じられない。

『嘘でも嬉しいよ。大輔さん』

「嘘じゃない！」

『うん。そんな気の利いた嘘は言えないよね。俺も、あんたが家で寝てるだけでも嬉しい。一緒にご飯食べれるしね』

「あ、明後日《あさって》……、金曜だし、早く終われるかも……だけど」

『観戦チケット探そうか。大輔さんは中日ファンでしょ。ちょうどいま、こっちで試合してる』

　すでに調べてあったのだろう。もしかしたらチケットも用意しているのかもしれない。

「野球なら、ちょうどいい。西島さんには、チケットが無駄になるって言えば、抜けさせてもらえるから。野球なら甘いよ、あの人。もう用意しちゃってくれ」

『わかった。そのあとは……』

「土曜出勤、入るかもなぁ」

『送り迎えしようか』

「いや、それは悪いだろ……」

　ははっと笑い飛ばして、また口ごもる。なかなか恋愛脳になれないが、自分が田辺の立場なら、これもやっぱり答えが違う。

「終わるのが昼すぎになるかもしれないけど……、迎えに車を回してくれる？　そしたら、助かる」

『それぐらい、いくらでも』

　田辺の声が明るく弾んで聞こえ、大輔はホッと胸を撫でおろした。ちゃんと喜んでくれている。間違いじゃないと安心できた。

「土曜出勤、好きじゃないけどさ。なんか頑張れそう」

『そう、よかった』

「あや……。悪いな。おまえにばっかり気を回させて」

『会いたいんだよ。少しでも。俺の方が欲深いだけだ』

　俺だってそうだと、やっぱり言えず、大輔はその場にずるずるとしゃがみこんだ。なにかを言いたかった。田辺を喜ばせるような、なにかを言って、電話を切りたい。

　大輔が考えつくよりも先に、田辺が口を開いた。

『もう切るね。……大好きだよ』

「あ……」

　壁に向かって顔を跳ねあげたときにはもう、電話は切れている。

「え、ええ……言い逃げ……ずりぃ……」

　ごつんと額をぶつけて、大輔はそのまま熱く火照った顔を左右に振る。ゴリゴリと額がこすれたが、田辺の甘い声に震えた身体にはなんてこともない痛みだ。

「いやいやいや、マジか……」

　あんなことを甘い声で言えてしまう田辺と、汗をかくほどどときめいてしまう自分と。

　どちらも信じられないほど恥ずかしい。

　男は寡黙に構えて、セックスの時だけリードすればいいと思っていたのに。言われる立場になってみると甘い言葉ほど胸に染みる。恥ずかしくて、嬉しくて、誰にでも言うようなことじゃないと信じてしまう。

「仕事、しよ……」

赤くなった額をそのままに、大輔はすくりと立ち上がる。

自分の方からデートに誘うべきだったのかもしれないと思いながら、そんなことはどっちでもいいと考えた。

嬉しかったら喜ぶ。それだけで変わってくることはあるのだろう。

利害の絡んだ肉体関係じゃない。田辺とは恋人同士だ。

にやけてしまう口元を押さえて、大輔は足取り軽く部署へ戻った。

＊＊＊

いつも通りを装って仕事をこなしても、相棒である西島にはお見通しだ。

さっさと帰れと尻を蹴っ飛ばされたが、なんだなんだと集まってくる同僚たちに向かって『大輔はデートだ』などと、プライベートを晒すことはしなかった。

横浜対中日のナイターだと言えば、みんなは納得する。

今日の昼すぎに職場へ郵送されたチケットをもう一度確認して、大輔は電車に乗った。

待ち合わせは、三塁側の内野席だ。田辺はすでに入場している。

ナイターの照明に照らされたグラウンドの写真が、携帯電話に届いていた。

向かっているとメールして、電車の窓から外を見る。町のはるか遠くに、まだ夕暮れが残っていた。

田辺に会える嬉しさと、ごく普通のデートへ向かう不安が交錯して、手のひらにじんわりと汗が滲む。まだ高校生だった頃、憧《あこが》れていた先輩とデートすることになったときも、同じように手汗をかいた。もちろん相手は女だ。

ふいに手を握られて、汗を嫌がられるのがこわくて離したことを苦々しく思い出す。瞬間、振り払うようになってしまい、弾んでいた会話は途切れた。ふたりの仲もそれきりだ。

初恋以前の出来事だが、そのあとも大きな違いはない。

大輔はぎこちない恋ばかりを繰り返してきた。

自分から誘うことはなく、積極的な女の子から声がかかって始まる。付き合うための告白は男の自分からしたが、終わりは自然消滅であっけなかった。

おそらく、『ときめき』というものを感じなかったからだ。

女の子はふわふわと柔らかくて、存在自体がかわいらしくて好きだったが、一緒に行動するとなると趣味が合わない。面倒になってしまうことも多く、友達を優先することは当然だった。あれは自分が悪かったと、いまになって思う。

ぎゅっと拳を握りしめ、窓の向こうを流れる景色に目を凝らす。田辺とのこれまでを、漠然と思い起こしてなぞっていく。

いつ好きになったのか。向こうは、自分は、そして……。

とりとめないもの思いに答えはない。苦さを伴う記憶にふけっている間に、目的の駅へ着く。着いたとメールをしながら球場の中に入り、席を探す。

偶然、隣り合わせに座ったように振る舞う約束だ。

満員御礼でぎっしりと観客が詰まった球場に鳴りものが響く。

「すみません……。すみません」

外野席と違い、内野席は着席している客ばかりだ。謝りながら席までたどり着く。

田辺は座っていた。いつもと違う、べっこうふちの眼鏡をかけ、Tシャツの上に薄手のブルゾンを着ている。別人かと思った。大輔をちらりと見て、視線を正面へ戻す。

声がかけづらく、大輔は黙って座った。カバンを座席の下に置き、背もたれにもたれる。

メガホン同士を叩きつける音があちこちから聞こえ、落ち着かない気分で息をつく。

「仕事帰りですか？」

声をかけてきたのは田辺だ。ハッとして振り向くと、

「取引先からもらったんですけどね。一枚だけって困りますよね」

なおも他人のふりが続いた。視線さえよそよそしくて、大輔は戸惑いながら返事をする。

「あ、……そ、です、ね……。俺も、一枚だけもらって」

「もしかして、同じ人からだったりして」

他人のふりをするのがいつまでなのかわからず、大輔は妙な気分になった。デートを楽しむつもりで弾んでいた気持ちが、見る見る間にしぼんでいく。うつむきそうになった瞬間に、田辺が手をあげた。ビール売りの女の子を呼びつける。

「ビール飲みません？　おごりますよ」

「え、いや。金はある」

そう答えながら、田辺の合図が見逃されたことに気づく。ビール売りの女の子が背を向ける。

大輔は思わず立ち上がった。声を張りあげると、ビールサーバーを背負った女の子はキョロキョロとあたりを見回す。呼び止める大輔に気づいたほかの観客たちが、女の子に教えた。

あとは、人海戦術のリレーだ。金が運ばれ、ビールがふたつ届く。

「はい。どうぞ」

田辺にひとつ渡して、

「野球、詳しそうにないね」

笑いかけた。見知らぬ者同士の素振りが田辺の望みなら、付き合うまでだ。『私の好きなところを十個教えて』と女の子に言われてげんなりした過去を思えば、これぐらいはたやすい。

お近づきの印にと乾杯して、ビールを飲み、「さっぱりなんです」と答えた田辺に選手を教える。

最近のチーム情報や監督について。それから、自分がまだ田舎で暮らしていた頃の話。一番好きだった選手の話に熱が入り、聞くつもりがなくても聞かされていた前の席の男が振り向いた。

「俺も好きだった〜。いや、いいよね〜」

酔っぱらった口調で握手を求められる。がっちり握手をして、さらにハグまで交わすと、今度はその男が奢《おご》ると言い出した。

うつむいた田辺は笑いをこらえ、持参していたつまみを配り出す。

「友人に勧められたんです。どうせビールを飲むから、つまみを持っていけ、って。味付きのうずらの卵。おいしいですよ」

「あ、いいね。俺もサラミ持ってる」

新しいビールを田辺に預けて、カバンを探る。前の席の男にも配って、ついでに隣のカップルにも渡す。

「また乾杯する？」

ビールを受け取った大輔が上機嫌で聞くと、

「もちろん」

田辺はうなずいてカップを持ち上げる。いったい、どんな職種を想定しているのか。いつもと違う格好も、見慣れてくると新鮮でよかった。元がかっこいいから、何を着ても似合う。そんなことを考えてニヤニヤ笑いそうになり、大輔はもういっそと、思い切りの笑顔を向ける。

二杯目のビールに口をつけた田辺は、演技を忘れたように大輔を見た。それとも、今夜出会ったばかりの男も、特別な気持ちになってしまったのかもしれない。ほんの少し熱っぽく見られて、大輔はまばたきも忘れた。

「なんか、きれいな目元してんね」

顔を近づけると、田辺が身を引く。大輔もハッとした。

「ごめん」

「いや、いいんですけど……」

そのとき、球場がわぁっと沸いた。相手チームのバッターがホームランかと思うような一打を放ち、中日の選手がフェンスによじ登ってキャッチする。

「え、いまの、どうなって……」

田辺が聞いてきたが、それどころじゃない。まだワンアウトだ。三塁にいた走者がタッチアップで走り出し、外野から経由なしでボールが投げ返される。

「よっしゃぁッ！」

走者がアウトになり、大輔は拳を握りしめた。周りが歓声をあげる中で、田辺が肩を掴んでくる。

「わかんないんだけど！」

「待って待って。いま説明するから。いや、痺れる。マジで痺れる」

「すごいことはわかった」

「ホントにわかってんのかぁ？」

ふざけて答えながら、これはいままでのふたりにはないやりとりだと気づいた。

田辺は、ふたりの関係をはじめからやり直そうとしている。きっと、恋愛に疎い大輔のためだろう。

出会ったばかりの相手だが、別れ際には口説かれて、家に連れて帰られ、ぎこちなく抱き合った頃にはいつものふたりに戻る。

胸の奥が震えて、大輔は大きく息を吸い込んだ。

外野からレーザービームのように投げ返された球よりも、田辺の気持ちはストレートに大輔の心を刺す。

「あ、タッチアップの説明だっけ」

はにかみを向けて、見つめてくる視線を受け止める。

球場を照らすカクテルライトが眩しいふりをして目を細めたが、そんなことはなにも関係がなかった。大輔はひっそりと恋に落ちる。

田辺も同じ気持ちに違いない。

ふたりの視線はぎこちなく揺れて、応援の声で説明が聞こえないふりをして、肩を寄せ合った。


久しぶりの生試合で応援するチームが競り勝ち、大輔のテンションは最高潮まで盛り上がる。飲みに行こうと田辺に誘われ、思わず前の座席に座っている男にも声をかけようと振り向く。それは止められた。

「大輔さん、ほかに目移りしないで」

座席を抜け、階段を登り切ったところで耳打ちされる。

「そういうつもりじゃ……」

バツが悪くて眉をひそめると、拗《す》ねたような顔で見つめられた。今日の田辺はすべてが新鮮だ。見たことない表情ばかりで、大輔はドギマギしてしまう。

「タクシーを呼んであるから。トイレは？」

子どものように心配されて、いつもの田辺だと思う。

「行っとく。おまえも」

「隣から覗いちゃおうかなー」

「バカだろ」

睨みつけながら、肩を小突いた。いつもの気取った感じがしない田辺は、さりげなく大輔の腰に手を添え、トイレはあっちだとエスコートする。

「おまえ、どういう設定なんだよ」

「フリーのＷＥＢデザイナー。ヘテロ寄りのバイ」

「……俺は狙われてんの？」

「口説かれたいだろ」

からかっているようでいて、どこか湿っぽい。

「あれだけ見つめられたら、いまさら言われなくても……」

「だろうね。そっちも、トロけた目をしてた」

「うっせえよ。するわけない」

答えた言葉は宙に浮く。大輔は舌打ちして顔を背けた。トイレに入ると、田辺の方が先に用を済ませる。

時間のかかった大輔が外へ出ると、田辺の姿は見当たらなかった。通路にまだ人が溢れている。タクシーを呼んでくれたのはありがたい。電車は寿司詰め状態だろう。

立ち止まってぐるりと見渡すと、出口へ向かう人の流れのあちら側に田辺がいた。近づいて初めて、人と話していると気づく。

知り合いに出くわしたのだとしたら、近づかない方がいいのかもしれない。そう感じた大輔は壁際に寄る。

相手の横顔がちらりと見えて驚いた。

茶色がかった柔らかなショートヘアに、眼鏡。フード付きのウィンドブレーカーがカジュアルだが、間違いなく岩下佐和紀だ。

騒がしい人波から逃れ出た大輔は、身を隠しながらふたりの方へ近づいた。張り出した柱の陰に立つと、かすかに声が届いた。会話も聞き取れる。

どうやら偶然に出くわしたらしく、佐和紀の声はいかにも不機嫌だ。少しでも早く解放されたがっているのを田辺が引き止めている。

佐和紀のお付きが斜め向こうに見えた。肩まで髪を伸ばした男だ。

「だからさ、横浜が負けて腹が立ってんだよ。なんで、おまえの顔なんか見なきゃなんねぇんだよ。ぶん殴るぞ」

背をそらした佐和紀は、全身で拒絶している。腕組みをしているのも、すぐに殴らないための自制にしか見えない。

顔だけ見れば白百合のようにきれいな男だが、見た目に騙されて近づいた男は八つ裂きにされても文句は言えない。口も悪ければ手も早い乱暴者だ。

田辺とふたりきりで話す姿は想像以上にガラが悪く、ふたりの仲は、誤解しようにも糸口さえ見つからない。疑心暗鬼になって胃を痛めた過去が笑えるぐらいだが、あのときは本気で思い込んでいた。美男同士は絵になる。

「おまえが野球なんてなぁ。カレシのご機嫌取りか」

「つっかからないで欲しいんだけど」

答える田辺は感情を抑えていた。苛立ちをこらえているのが、大輔にもわかるぐらいだ。もうすでに罵詈雑言《ばりぞうごん》を浴びせられ、はらわたが煮えくり返っているのかもしれない。

佐和紀が結婚する以前、田辺は『美人局《つつもたせ》』の引っかけ役を彼にやらせ、かなりあくどく上前を撥ねていたらしい。

でも、佐和紀が毛嫌いする理由は、ほかにもありそうだ。おそらく、田辺の態度が鼻につくだとか、そういうたわいもないことだろう。

「あんたの言う通り、相手の親に挨拶してきた。だから」

「はぁっ？」

佐和紀がじりっと後ずさり、パンと弾けたように笑い出した。

「マジで行ったの？　なんだよ、バカか。相手の迷惑も考えろよ。頭おかしいんじゃねぇの」

畳みかけるような嘲りに、大輔は柱の陰から飛び出しかけた。

でも、思いとどまる。怒りに眉をひそめた田辺と目が合ったからだ。大輔に気づき、かすかに首を振った。

「おっかしいの……っ」

げらげら笑った佐和紀が、田辺の肩を小突いた。

「田舎のババアを騙すぐらい、なんてことなかったか」

「騙してない」

されるがままになっている田辺は敵意を見せなかった。それが佐和紀をいっそう苛立たせるらしい。

「どうせ『付き合ってます』なんて言ってないだろ？　次は、『息子さんをください』って頭でも下げてみるか」

「……報告をしたかっただけだ。言われた通りに、したから」

「むかつくよな。他人の人生をなんだと思ってんだよ。相手のこと、本気で考えてんのか。……考えてれば、実家になんか行かねぇんだよ。頭に草でも生えてんじゃねぇの」

「考えてるかどうかは、おまえには関係ないだろ。岩下さんになら、わかってもらえる」

「俺のこと、バカだって言ってんの？」

「……被害妄想がキツいんだよ。おまえは」

「あぁ？」

「すみません」

形ばかりに謝った田辺は顔を背けた。佐和紀のお付きに会釈をして、問題のないことをアピールする。

「岩下さんはわかってくれるけど、そもそも聞く耳を持ってくれない。それは理解してる。今度、改めて話をさせてくれ」

「周平と？」

「おまえとだよ」

「嫌だ」

ブルブルッと震えた佐和紀が後ずさる。

「おまえと仲良しごっこするなんて、絶対にイヤ。話があるなら、岡村《おかむら》にしておけよ。そっちから聞く方がマシだ」

「わかった。……呼び止めてすまない」

田辺が頭を下げる。佐和紀は無視するように顔を背けた。むすっとしている表情が見えたが、それでもやっぱり魅力的だ。淡く香り立つような雰囲気がある。

「相手は中日ファンか……。あのバックホームに持ってかれたよな、今日は。おめでとうって言っといて」

そう言い残し、ふいっと背中を向けた。お付きの男を呼び寄せ、別の出口へと向かって

ピク
8

いく。

田辺は天井を見上げて、長く深い息を吐き出した。拳を何度も握り直し、全身に溜まった苛立ちを放出させてから、大輔のもとへ近づいてくる。

「ごめんね。いないから驚いた？」

「いや、いたことに驚いた」

佐和紀のことだ。

「たまたま見かけたんだ。会話、聞こえてた？　あいつは呼び出しても無視するから。ちょうどよかったんだ」

「嫌われてるんだな」

「そう言ってるだろ？」

しかし、田辺の携帯電話には、佐和紀の写真がたくさん保存されている。それも誤解した一因だった。

「顔だけの男だ」

あっさりと切り捨てた田辺に促され、まばらになり始めた人の流れに戻る。

「あの嫁に話を通さないと、無理なのか」

いつもあの調子では、田辺の胃が心配になる。もしくは頭の血管だ。いつかはブチッといきかねない。

「俺の兄貴分は、厳しいからね。問題が起こったら、容赦なく切られる。その緊張感が好きだし、認められるために頑張ってもきた。遊びじゃないから……当然だよ」

「……でも」

「心配しないで」

「なんで、だよ。……俺しかいないじゃん。おまえのこと、心配できるのは……。あぁ、岡村ってツレがいたっけ」

「いや、あいつのシビアさも半端ないから」

「敵ばっかりだな」

「ライバルってところ。泣きつけば助けてくれるよ。きっと、ね。その時はなりふり構わず、すがりつくだけだ」

俺のために、と言いかけた大輔は口ごもる。

そんなことを聞いたら酷だろう。ほかに理由なんてない。自分の保身のためだけなら、もっと違うやり方があるはずだ。

「俺が、できることって……」

球場の外へ出て裏通りへ向かう。田辺が髪をかきあげながら、身を屈めた。

「もっと、好きになって……」

甘くささやかれて、大輔は足を止める。

「大輔さんは、もっともっと、俺を好きになって。惚れてもらえた分だけ、俺は頑張れる」

「なん、で……っ」

まばらな人通りの中で、大輔は火照った頬を押さえもせずにうつむいた。

「愛した分だけ、見返りが欲しいんじゃないんだよ、大輔さん。ただ、あんたが好きになる、たったひとりの男でいたいだけだ。それを俺の人生の意味にしたいだけなんだ。……行こう」

手を差し出そうとした田辺は、周りを気にしたように引っ込めた。歩き出す田辺を追いかけ、大輔もまた、伸ばした手をゆっくりとおろす。

誰のために周りの目を気にするのか。大輔にはもう痛いほどわかる。

待たせていたタクシーに乗って、田辺のマンションへ帰った。


先にシャワーを浴びた大輔は、ビール片手にテレビを見る。スポーツニュースのはしごをして、今日の試合のダイジェストで勝利の喜びを復習する時間だ。

そのうちに、シャワーを浴び終えた田辺が隣に座った。

「へー、ここって、こうなってたんだ。あ、あの送球やってるね」

「……いい匂いする」

ビールを片手に鼻を近づける。香水の香りだ。

「夜もつけんの？」

「大輔さんが、いるから」

片手がそっと頬に押し当たり、そのままキスされる。やわらかく重ねるだけだ。

「ビール、何本目？」

「二本」

シャワー直後のビールは水みたいなものだ。残りのビールを田辺に渡して、漂う香りをまた吸い込んだ。

「この匂い、好きなんだよな。俺がつけたら、カッコつけすぎかな……」

「そうは思わないけど。それに、香水って、人によって変化するから」

「じゃあ、俺がつけても、この匂いにはならない？」

「かもしれないけど……。オーデコロンなら飛ぶのも早いから、つけてみる？　明日、大輔さんが働いてる間に買ってくるよ。それとも、いま……」

「いまは、おまえから匂いがするし、それでいい」

一緒にいないときの、心の隙間《すきま》を埋めたいだけだ。

田辺がするように相手の頬に手を添えて、筋ばった首筋を撫でる。額を押し当て、もう眼鏡をはずしている田辺の鼻と自分の鼻を触れ合わせる。

　大輔は小さく笑って身を引いた。自分がしたことで恥ずかしくなる。

「くすぐってぇ……」

「だめだよ。まだ、離れないで」

　スポーツニュースの野球タイムが終わり、田辺はテーブルにビールの缶を置いた。抱き寄せられて、田辺の足をまたぐように座らされた。

「今日の『出会い』はどうだった……？」

　鼻をこすり合わせながら言われて、大輔は視線の置きどころがわからなくなる。あちこち動かした末に、目を伏せた。

「意味わかんないなぁって思ってた」

「出会い方が違ったら、俺たちは……」

「それは考えても仕方ないだろ」

　男の膝に座ったままで、大輔は身体を離した。田辺の顔を両手で挟む。

「なんだっけ。WEBデザイナーだっけ？　そんなナヨナヨした男に惚れられても、嫁に捨てられた俺の気持ちは、どうにもならないだろ」

「捨てられたと思ってるの」

「違う……。あれは結婚自体が間違いだった。一緒にいて楽だと思ったのは、あいつの心の中に違う男がいたからだ。そういう女を、俺が選んだ結果だ」

「責任を感じてるんだね」

「……まぁな」

「俺とのことは、俺が責任を取るから。大輔さんは、なにも……」

「それ、ヤダ」

田辺の膝にまたがった大輔は、話をぶったぎるように声をあげた。

「嫌なんだけど。おまえに責任を取らせて、都合のいい関係でヌクヌクするなんて、俺はさ……」

「ヌクヌクしてるの？」

ふっと笑った田辺は幸せそうに見える。自分の頬が熱くなったことに気づき、大輔はうつむいた。

「顔が赤い」

田辺の手が、あごの先を支えた。くいっと持ち上げられる。

「ヌクヌクしていて欲しいな。この時間は、絶対に守るから」

「それじゃ、おまえばっかり損だって言ってるだろ」

「だからさ、もっと好きになってくれたらいいって言ってるのに」

「これ以上なんか、ねぇよ！」

叫んでから、ハッとした。慌てて膝から下りようとしたが、抱き寄せられてままならない。

「もう、これ以上なく、好きになってくれてるんだ？」

「じゃなかったら、実家に連れていったりしない……っ」

顔を見られるのが嫌で身をよじった。なんとか膝の上からは逃げたが、背中から抱かれて動けなくなる。振りほどきたくなかった。

つれないそぶりで、がっかりさせたくない。

「新条が出した条件だからだと思ってた」

「……見せたかったんだよ。おまえに、俺の母親を……」

「ほんとに？　嬉しい」

抱きついてくる田辺の息が首筋にかかり、大輔は身体に回っている腕に指を這わせた。

「恋人だって、言えなくて、ごめん……」

何度も後悔したことを口にする。

「そんなの、どうだっていいよ。……『恋人』か。ずいぶんと遠回りしたなぁ……」

「お、俺には……っ、ちょうどいいスピードだった」

うつむいて、ぐっとくちびるを噛む。田辺の腕の中で身体を反転させて、むすっとした顔をあげる。

こんなときに笑うことのできない自分が、大輔はほんの少しだけ嫌になった。

「もっと、好きになる……」

「うん」

「……おまえが嬉しいなら、もっともっと、好きになるから。俺だけの男で、いて、ほし……ぃ……」

顔から火が出そうなほど恥ずかしくて、大輔は両手で顔を覆って悶絶《もんぜつ》した。

「あああ。こんなの、俺じゃない……っ。あー、もう！」

「俺の前でだけなんだから、気にしなくても。……外ではカッコよく振る舞ってきてよ。俺のとこへ戻ったら、あんたはかわいいだけなんだから」

「男にかわいいって言うなよ」

ぶつくさと文句をつけたが、嫌な気分はしなかった。女のようなかわいさとは違うことを知っているからだ。

「おまえだって、俺の前じゃヤクザっぽくないし、かわいいんだからな」

「へー、そんなふうに思ってたのか」

「……もういい」

ぷいっと横を向くと、指先で引き戻される。

「今夜はしないで寝ようか」

「なんで」

「明日も一緒にいるから。それとも、したかった？」

「え……。それは、えっと……、おまえがしたいだろうと思ってたし、……えっと」

言いよどんで、大輔は視線をさまよわせた。正解を探して息を殺し、ぐっとくちびるを引き結ぶ。

「俺は、したい。球場でおまえに会ったときから、やりたいって思ってた」

「え……」

今度は田辺が言葉を詰まらせる。

「だって、おまえ。他人のふりするし。なんかさびしかったけど、悪くもなくて。でもやっぱり俺は、おまえが好きなんだよ。出会い直したくなんかない」

「……あ」

パッと口元を押さえた田辺がうつむく。珍しく耳まで真っ赤になっている。

「なに？」

顔を覗き込むと視線が逃げる。

「あや。なに……？」

「……かっこいいな、って……。俺のひとは、めちゃくちゃカッコいい……」

「おま……、バカ……」

大輔も真っ赤になってうつむいた。互いの額が触れても、どっちが熱いのかわからない。鼻先が触れ合い、くちびるが重なる。大輔が上のくちびるをついばみ、田辺が下のくちびるをついばむ。

舌がゆっくりと触れ合い、身を震わせた大輔の背中を、田辺の手がなだめるようにさすった。

「おまえは、したくない？」

大輔が聞くと、田辺は艶《つや》っぽく微笑んだ。

「俺はいつだって欲しいよ。でも、こういうのもいい」

「……俺はもう、触って欲しい」

「いいよ。大輔さんは、もっと、わがままも言っていい……。少しぐらい無茶なことでも」

「それ、嫌われるパターン……。俺は嫌だった。仕事とどっちが大事か、とか。金がなきゃ生活できねぇだろ」

横向きに座ったままソファにもたれると、田辺の手が肩に触れた。髪を撫でられ、耳をこねられる。

「それはさ……。大輔さんの方に愛情がなかったんだよ。俺が、もっと電話して欲しいって言ったら、やっぱり嫌になる？」

「この流れで聞くのか」

舌打ちして睨むと、田辺はそれさえ嬉しいと言いたげに、笑ってみせた。大輔はむっすりと不機嫌な顔をして、そっぽを向く。

胸がどきどきと早鐘を打つ。ときめきが全身に広がって、手のひらがしっとりと濡れる。

「俺、最近さぁ。手汗がすごい」

「え？」

「ほら……」

両手を開いて見せた。

「おまえといるとき、ドキドキする。なんかこう、いてもたってもいられないみたいな……。わーって、なる……」

「うん」

「おまえのこと、好きだよ」

口に出すと、胸がぎゅぅっと締めつけられた。顔を歪めて、浅い息を吐く。うつむいて、洗ったばかりの髪を揺らした。

「夜、家に帰ってさ。ひとりでゴロゴロしてるとき、おまえのことを考えてる。……電話、してもいい？」

「もちろん。いつでもかけて」

「仕事で出れないときはいいよ。無理して出なくても」

「相手が岩下さんでない限りは出れるよ。ほんと、手のひら、湿ってるね」

両手で握られて、大輔は焦った。でも離してもらえない。

汗が気持ち悪いんじゃないかと心配だったが、離して欲しいとも思わなかった。そっと、指先を握り返した。

「おまえ、優しいね」

「大輔さんだけに、ね」

優しい声が近づいて、またキスされる。離れていくくちびるを追って、大輔からもキスをした。

チュッと音が響いて、また手が湿る。

「恥ずかしい……な」

「かわいいね、大輔さんは」

「……おまえだって、目が濁りすぎてて、いっそ、かわいい……」

「俺のわがまま、聞く？」

「うん」

素直にうなずいて、大輔はまた近づいていく。わがままを聞いてやると言った先から、自分のしたいキスをする。

田辺は拒まなかった。くちびるを舐めると、舌がそろりと出てきて、大輔の愛撫で指先がぴくっと震えた。

「感じてんの。あや」

「……それはもう、ビンビンに」

「エロい」

「大輔さんのキスが悪いよ。上手だ」

互いの首筋に手を添えて、キスはいっそう深くなっていく。

テレビの音が耳に入らず、頭の中を素通りする。

大輔はふたりの間の水音だけを追いかけて、田辺の服の中に手を忍ばせる。心は痛いほどにときめき続けて、このままだと死にそうだ。

死にそうなぐらいに好きになったと、そう思った。

終わり

夏の終わりの通り雨

店内に流れる旋律に耳を傾け、田辺《たなべ》は手元の水割りを揺らした。

氷がグラスに当たり、涼しげな音が立つ。

残暑の名残に支配された繁華街の一角。ビルの上階にあるクラブラウンジの店内は、雑多な雰囲気とは無縁に空調が行き届いて過ごしやすい。

天井から吊《つ》るされたシャンデリアが輝き、フロアの中心の円卓に豪華なフラワーアレンジメントが据えられている。田辺が座っている席を担当しているホステスのドレスも、胸元が大きく開いて高級感があった。

女の髪から肌から、甘い花の香りが漂う。ふっと自然に身を寄せられ、田辺は戸惑った。

これまで感じたような浮気な心がまるで起こらないからだ。ヘアスタイルを褒める気にも、豊満なバストに触れてみる気にもならない。

それどころか、痩《や》せた女の、頼りない肉づきが不健康に思えてしまう。

これはもう、大輔《だいすけ》を抱き慣れてしまったせいだった。

大輔を知って恋に落ちるまで、そして恋人だと思えるようになるまで、自分がなにを考え、なにを求め、女の身体《からだ》と折り重なってきたのかと疑問が湧《わ》く。

ホステスがふいに笑い、生温かい息が首筋にかかった。岡村《おかむら》がちょっとした冗談を言ったらしく、彼の隣に座るホステスも笑っている。

彼女たちの細い笑い声が、さざ波のようなフロアの喧噪《けんそう》に溶け、夏の夜はにぎやかに更けていく。

ネクタイをはずした岡村は、仕立てのいい夏生地のジャケットを羽織っていた。細いストライプのシャツが涼しげで、襟に入った錨《いかり》の刺繍《ししゅう》が洒落《しゃれ》ている。

「田辺さんは、最近、どんな人と寝てるの？」

岡村の隣に座ったホステスがさらっと水を向けてくる。馴染《なじ》みのラウンジだ。彼女たちとも顔見知りだが、必ず指名しているホステスではない。

大滝《おおたき》組が面倒を見ている店のひとつだ。毎月、きっちりとみかじめ料を支払っているので、田辺たちが馴染みの店として使い、客筋を調整していた。業界人に紹介して評判を上げれば、店はおのずと儲《もう》かる。

大滝組の構成員の中でも、若頭補佐・岩下周平《いわしたしゅうへい》の舎弟だけが行っている、一種のアフターフォローだ。

詳しいことを知らないホステスたちも、黒服たちの噂《うわさ》を聞き、田辺や岡村が大滝組関係者だと察している。遊びならいいが、本気になる相手ではないと、釘《くぎ》を刺されているのだろう。もっともな話だ。

「そんな話か……」

性生活に対する質問を投げかけられた田辺は、回答を心待ちにする女の視線を避け、恨めしげに岡村を見た。

友人と言ってしまうと、途端に薄ら寒くなる関係だ。大滝組構成員の岡村慎一郎《しんいちろう》とは舎弟仲間で、同僚と呼ぶのがふさわしい。もしくは『ツレ』。そして『悪友』だ。

活動の内容がかぶらないので、足を引っ張り合うことはなく、主に情報交換のために付き合っている。もしも相手が下手を打てば、すっと離れていける関係だ。

お互いに、そう認識しているが、実際にできるかどうかはわからない。悪友であっても、付き合いが長ければ情が湧く。

「おまえは人妻食いが過ぎて、叱《しか》られたんだっけ？」

ベージュのサマーセーターに薄手のジャケットを合わせた田辺は、グラスの中の酒を回しながら意地悪く微笑《ほほえ》んでみせる。

岡村の反応はいつも通りにクールだ。表向きには人の良さそうな雰囲気を醸しているが、田辺の前ではひっそりと笑い返してくるニヒルさが際立つ。その仕草にわずかな憂いが滲《にじ》み、田辺にもたれかかったホステスが吐息をつく。

ただの物憂げなら暗くてうっとうしいだけだが、岡村のそれは湿り気を帯びて、どことなく性的だ。特に女の気を引く。

「惚《ほ》れたら火傷《やけど》するよ。顔に似合わず、悪い男だ」

顔を覗《のぞ》き込んで忠告したが、心ここにあらずの表情だ。聞いているようには見えない。

彼女の代わりに、岡村のそばに寄り添ったホステスが答えた。

「そうそう。岡村さんはひどい人だもんね」

ちらっと見上げた視線に、もの言いたげな雰囲気がある。しかし、岡村は意に介さず、否定もしなければ、表情も変えず、くちびるの端をわずかに引き上げる。

どこか哀しげに見え、世を拗《す》ねたようなところは、昔と変わらない。

しかし、彼の周りにいる人間のほとんどは、岩下からデートクラブを任されてから『化けた』と感じているらしい。それまでの岡村は、万事控えめに振る舞う岩下のカバン持ちだった。周りにも深々と頭を下げ、朴訥《ぼくとつ》を絵に描いたようにおとなしかった。

それこそ、岩下から教え込まれた、岡村の処世術であり、彼の本当の姿は悲観的な皮肉屋だ。田辺は『本性が出た』と思ったが、良い方に『化けた』と言われることも理解はしている。ひとつの見方だと思う。

岡村は確かに変わった。朴訥一辺倒をやめ、自分を出していくようになったのだ。そこに悲観的な皮肉屋の姿はなく、あるのは慎重な思慮深さを持った男の姿だ。

そういうふうに見られたいと思うのだろう。

岩下佐和紀《さわき》。旧姓・新条《しんじょう》佐和紀。あの男と関《かか》わるようになって、岡村の『自分らしさ』は姿を変えた。

佐和紀は岩下が選んだ男嫁だ。幹部連中から結婚をせっつかれ、キレた挙げ句の茶番劇。岩下が選んだ『嫁』は、そこいらにいる女よりも目鼻立ちの整った『男』だった。

見た目は一級品だが、中身はすれっからしのチンピラだと、古い付き合いの田辺は知っている。だが、佐和紀もまた、岩下との結婚で印象を変えた。その佐和紀にほだされ、どうやら本気の恋をしてしまったのが岡村だ。

さすがに兄貴分の嫁を寝取るつもりはないらしいが、鬱憤《うっぷん》を晴らすように、手当たり次第に人妻と関係を持ち、そのひとりが組事務所に乗り込んだことで叱責《しっせき》を受けたりしている。不毛な恋だと思うが、人のことは言えないので、触れたくない話題だ。

田辺が大事にしている大輔との関係も、初めは不倫に過ぎなかった。

「好きなように言えばいいよ」

岡村が薄笑みを浮かべながら口を開く。

手にしたグラスをテーブルに置き、さりげなくホステスの肘先《ひじさき》を撫《な》でた。そういうあからさまなことをしない男だったが、人は変わるものだ。いかにも性的だが、さりげなく優しい。まるで今夜の相手を求めるような仕草に、田辺の隣に座ったホステスがむずむずと身体を揺らした。

店のバックヤードで繰り広げられるキャットファイトを想像し、田辺は笑いながらホステスふたりに声をかける。

「その男を説教するから、席をはずしてくれる？　男同士の話だから」

遠回しに言ったせいか、ホステスはそれぞれに不満げな表情になる。

しかし、岡村にもたれかかったホステスが指を絡ませたのを見て、もうひとりが素早く立ち上がった。アフターの約束をさせまいと追い立て、席を離れていく。

「……そのうち、血を見そうだな」

ふたりきりになってから言うと、岡村は退屈そうに答えた。

「そんなヘマはしない」

「へぇ……たいした自信だ。どうすんの？　もう片方にも手を出しておくとか？」

「一緒くたに抱けば、一度で済む。簡単な話だ」

複数プレイを楽しむそぶりもなく、煙草《たばこ》を取り出して火をつける。

「荒《すさ》んでるな……。また叱られるぞ」

兄貴分の岩下ではなく、嫁の佐和紀からだ。田辺のニュアンスを察した岡村は、うんざりしたように息をつく。けれど、真逆の本心が透けて見える。

叱責でもいいから、自分ひとりに関心を向けて欲しいと願う、報われない欲望だ。

「出世して金回りもよくなったのに……。バカか」

田辺が本音を漏らすと、岡村は意外そうに眉《まゆ》を跳ねあげる。

「どっちも、あの人に必要だから受け入れただけだ。地位も金も、役に立つ」

「……おまえが尽くすような相手じゃないと思うけどな。相手は新条だぞ。狂犬だ」

顔に似合わず気が短くて、さらに腕が立つ。所属している組が愚弄《ぐろう》されると、単身、金属バットを担いでカチコミへ出かける。

相手の事務所や高級車を容赦なく破壊することで知られ、『こおろぎ組の狂犬』と呼ばれていた暴れん坊だ。

「いまは違う。……自分が報われたからって、俺の恋路に口を出すな。いまの幸せを壊したくないだろ？」

ふっと声が沈み、ヤクザの顔がちらちらと見え隠れする。

だが、手出しをされる心配はなかった。岡村を含めた各所を牽制《けんせい》するために、田辺は佐和紀に頭を下げたのだ。それは少しも効果がなかったが、大輔が大滝組に有益な情報をもたらすカタギだからという理由で、ふたりに対して『岩下の嫁のお墨付き』を出した。

お墨付きが有効なうちは、岡村であろうと暇つぶしに使えない。

もちろん、岩下も同じだ。佐和紀はスジを通す古いタイプの男だから、自分が守ると約束した相手はなにがあっても守る。

田辺が大輔を裏切ったときも許さないだろう。

「まぁ、せいぜい……」

岡村の話が途切れ、視線が入り口へ向く。田辺も視線を向けた。

フロアの喧噪に変化はない。しかし、従業員がにわかに忙しく動き始める。出迎えに集まっていく気配を感じ、煙草の火を消した岡村と田辺はどちらからともなく立ち上がった。

やがて、ラウンジの長である和服姿のママに付き添われ、凜《りん》と涼しい雰囲気が流れ着く。

現れたのは、ひとりの男だ。

すっきりとした長身だが、肩も腰も下半身も、すべてにおいて均整が取れた逞《たくま》しさのある美丈夫だ。黒髪は軽く撫で上げられ、端整な顔立ちに黒縁の眼鏡《めがね》をかけている。

人目を引く派手さと、直視できない圧力の両方を兼ね備えた、凄《すご》みのある色男。

それが田辺と岡村の兄貴分だ。年を重ねても、結婚しても、なにひとつ衰えない。

グラスがさっと運ばれ、岩下は奥まった場所に腰を下ろす。距離を置いて田辺が座り、岡村はスツールに腰かけた。

「元気そうだな」

田辺へ向けられる笑顔も、以前と変わらない。

男の凛々《りり》しさの中に、厳しさと優しさが絶妙なバランスで混じり、本能的に褒められたいと感じてしまう。いい意味での父性があり、身の引き締まる緊張感が場を包んだ。

「精進しています」

田辺が答えると、岩下の水割りを作った岡村が笑いをこぼした。

「どういう意味だか、わかったものじゃないですよ」

足を引っ張られ、横目で睨《にら》みつける。しかし、岡村はあっさりとかわし、岩下の前にグラスを置く。

「仕事量を絞っているようですから」

「勝手なことを言うな」

すかさず訂正する。田辺のシノギは投資詐欺だ。金持ちのマダムを中心に仕掛け、投資資金をうまく巻き上げる。恒常的に続けられる仕事ではないので、仕掛けを閉じる時期を見ることも大事な仕事のひとつだ。

「さじ加減は田辺の手腕だろう。あがってくる金額に問題がなければいい」

水割りに手を伸ばした岩下の声は、優しくもなければ冷たくもない。至ってフラットなのが、田辺の心には響いた。

問題はやはり上納金だ。仕掛けを休ませる間も、金は運ばなければならない。

岡村の発言も、岩下の反応も、ある意味では定型のやりとりだ。大輔との関係を継続することや、カタギに戻りたいと足抜けを求めることも含めて釘を刺されている。

高額な上納金を支払ってきたからこそ、簡単には離してもらえない。それが、ヤクザ社会のしがらみだ。

「悠護《ゆうご》さんが来てるんだろう」

岩下が話を変える。田辺はうなずいた。

「昨日、ホテルに入られました。今回の滞在は長いですね」

大滝悠護は、その名字が示す通り、大滝組組長の息子だ。姉は若頭である岡崎《おかざき》と縁づいたが、弟の悠護は、大阪のヤクザに預けられ、幹部の代わりに服役するという紆余曲折《うよきょくせつ》の末に実家と縁を切った。いまは海外で暮らしている。

彼と岩下との間を繋《つな》ぐことも田辺の仕事のひとつだが、肝心なことはいつも事前に伝わっていた。おそらく、ふたりは独自に連絡を取り合っている。

しかし、それを公に悟られないため、田辺を伝書鳩《でんしょばと》として行き来させているのだ。真相を確認したことはない。バカ正直さで、すべてを明らかにすることは愚行だ。岩下のもっとも嫌うところでもある。

「石垣《いしがき》は、おまえと似てるところがあったな」

煙草を取り出す岩下の動きを見て、岡村がさりげなく立ち上がった。ライターの火を差し向ける。そうしていると、以前のままの関係に見えたが、やはり同じではなかった。

「今回は、渡米前の最終調整だ。じきに離脱の通知が回る」

煙を吐き出した岩下が目を細める。

わざわざ口に出すまでもないことは、ここにいる三人ともが知っていた。石垣と田辺にはっきりと面識ができたのは今年に入ってからだ。それまでは道で会っても相手に気づかないほど疎遠な関係で、岩下の名前が出て初めて舎弟仲間だと認識するほどだった。

関係が変わったのは、石垣の『足抜け』と『渡米』が決まったからだ。組長へ盃を返し、カタギに直る。その上で、悠護が身柄を預かり、アメリカ留学をすることになっていた。

とてつもなく優秀な頭脳を持っている噂は、悠護や岡村から聞いていたが、岩下がじきじきに手を回して留学させてやると聞いたときはさすがに、裏の事情を勘繰ったものだ。新しい事業を始めるつもりなら、将来のお膳立《ぜんだ》てもありえる。ただの優しさで行うとは思えなかった。

しかし、これもまた口には出せない。上の人間の企《たくら》みを暴いて回ることは邪魔以外のなにものでもない。

「皐月《さつき》さんがご一緒なのはご存知ですか」

石垣については興味のないふりをして、岡村の差し向けてきたライターで、田辺も煙草に火をつける。スツールへ戻った岡村が二本目の煙草を吸い始めると、場の雰囲気がなごんだ。

「石垣に会いに来たんだろう」

首を傾《かし》げた岩下が、どこか困ったように微笑む。田辺は意外に感じた。

「ふたりは知り合いですか？」

皐月は、大滝組長のひとり娘・京子《きょうこ》の長男だ。ただし岡崎との間の子ではなく、未婚で産んだ。

「去年、軽井沢《かるいざわ》で一緒だったんだ。英語とフランス語の練習に付き合ってるって話は、聞いたけどな。……悠護から」

「なるほど」

うなずいたものの、あまり納得はできなかった。これまで組関係者とは距離を置くようにしてきたのに、軽井沢行きで接触させたことも理解できない。

田辺から見た石垣は、金髪を短く刈り込んだチンピラ風の男で、利口そうな目元をしているが、その分だけ生意気な感じがする若手構成員だった。悠護と英語で会話していることも、妙に鼻につく。

京子の子どもは三人いるが、すべて海外に住む悠護がたいせつに養育している。それを知っているだけに、アンバランスだ。

「身のまわりの世話を皐月がするって話が出てるのか？」

岩下に問われる。

「いえ、そこまでは伺っていません」

探ってくるべきかとニュアンスを滲ませて答えると、岩下は洒脱《しゃだつ》に肩をすくめた。

「聞かなくてもいい。悠護に任せた話だ」

「会われる予定は……？」

「おまえに打診がなければ、ない」

岩下の答えはいつも同じだ。そっけなく、あっさりとしている。田辺が知っておくべきところは必ず話を通してくれるが、触れなくていいところにおいては微塵《みじん》も明かさない。けれど、裏があることだけはいつも読み取れた。信用されていることは承知している。

問題が起こったときに、最善の対処ができると見込まれているのだ。世界的なパーティーピープルである悠護は、同時に、莫大《ばくだい》な金を動かすトレーダーでもあった。

岩下が持つ資産のいくらかも、名義を偽って預けられており、連絡係の田辺も恩恵を受けている。

「この前、長崎と熊本を旅行したんだ。佐和紀と」

岩下がまた話を変えた。

「ホテルの食事が良かったから、おまえも行ったらどうだ」

まっすぐに視線を投げられ、田辺はほんのわずかに緊張した。

「いいですね。ホテルの名前を教えてください」

話に乗ったのを見て、岡村が肩を揺らす。大輔との関係をからかわれているとわかっていて笑っているのだ。

「俺も一緒に行こうかな」

冗談めかして煙草をふかし、

「佐和紀さんはずいぶんと楽しかったみたいですよ」

岩下へ顔を向ける。なにげない会話に潜む嫉妬《しっと》は、小さなトゲのように尖《とが》ったが、心の広い岩下は気づきもしない顔で笑う。

自分の嫁が好かれることは当然だと思っているのだろう。横恋慕されていることさえ楽しいと言いたげな雰囲気は圧倒的だった。

＊＊＊

石垣がカタギに直るのなら自分の足抜けも許されはしないかと、子どもじみた妄想が脳裏を駆け巡ったあとは、決まって深い自己嫌悪に襲われる。

短絡的な楽観主義は、自分だけでなく、大輔の首も絞めかねない。

これからも一緒にいるためには、想いが通じたばかりのいまが肝要だ。浮かれてしまったら取り返しがつかないと、田辺は自分自身に言い聞かせ続けている。

どうして一緒にいたいのか。なぜ、大輔でなければならないのか。

だいたいにして、一緒にいるとは、どういうことなのか。

人に話せば当然のごとく返されるはずの質問を、田辺はいつも深く考えない。

関係を持ち始めた頃の軽薄さを思い出すことはもう難しく、重ねてきた恋愛遍歴はなにひとつ役に立たないでいる。わかっていることは、ヤクザと警察官だったからこその巡り合わせという事実のみだ。

情報交換という大義名分と、そのわりにはたいしたことのなかったやりとり。

お互いに、誰《だれ》かの思惑でのみ動かされ、選び取れた選択肢は『合意の上でのセックス』だけだ。田辺の場合は、岩下の指示がきっかけだったが、肉体関係の継続を選んだのは自分自身だった。

大輔の行為は、飛び抜けて快感の強いセックスではない。男の身体はどこまでいっても男の身体でしかなく、アブノーマルな分野だ。

それでもハマったのは、大輔の中に、彼自身が気づかない孤独を感じたからだ。

男だから女を好きになって、男だから結婚をして、男だから仕事に打ち込んで。時代遅れにも気づかず、誰に褒められなくてもいいと思う心の裏側は、果てしなく空虚だった。

だからいっそう、仕事に人生を傾けていく。

かわいそうだとは思わない。変えてやりたいとも思わない。

人間は、そういうものだ。すべての感情が一過性の衝動で、過ぎ去れば虚《むな》しさだけが残る。恋をしてもセックスをしても、仕事で成功しても、金を湯水のように使えても、終わってしまえばただの過去だ。

田辺の中に残る記憶はいつも雑多に薄淀《うすよど》み、嫌悪混じりの厭世《えんせい》感を岩下への義理だけで繋いできたようなところがある。虚しさに気づく人間と、気づかない人間。田辺は前者で、大輔は後者だ。

短い時間を共有していく中で、田辺は、よく似ているけれどまったく違うふたりの生き方を、なんとなく重ねて眺めることがあった。

大輔には、この先もずっと、人生の空虚さに気づかないでいて欲しい。いつしか、そう思うようになり、大輔をできる限り近くで見守りたいと願った。

それが、田辺の恋だ。最低の関係から始まり、後ろ暗い不倫関係を経て、ようやくごく普通のスタート地点に立ったつもりでいる。

大輔の実家で母親と会ってみたり、普通の出会いをやり直してみたりしたのも、身に馴染みすぎた裏社会のセオリーを打ち消すためだ。人を騙《だま》して出し抜いて、そのためになら犯罪スレスレのことも平気でやれる。それはいまも変わらないが、大輔には忘れていて欲しい。少なくとも、ふたりの関係においては、大輔側の常識で生きているのだと認識しておいて欲しかった。

あとは、どうやって、裏社会との折り合いをつけるかの問題だ。

渡米する石垣にも、彼なりに支払った代償があるはずだと、理性では理解している。しかし、上手く逃げ切れたとうらやむ気持ちを抱かずにはいられなかった。

岩下から許されて『抜ける』ことは容易ではない。石垣の場合も、きっと同じだ。石垣の持っている運の良し悪しではなく、彼の才能や実力を認めたから、岩下は将来へ投資したのだ。つまり、石垣の利用価値は未来へ持ち越されている。長期運用の投資信託のようなものだ。

舎弟として独り立ちしていなかった石垣と違い、田辺はここに至るまで、岩下の経済力の後ろ支えになってきた。じゅうぶんに働いてきたつもりだが、兄弟分になったばかりの頃の借りを返せたとはまだ言えない。そこが一番の問題だ。

詐欺を仕掛けるのにも、金やコネは必要になる。特に、まわりから足を引っ張られずに行うことは困難だ。金の匂《にお》いがすれば、ヤクザだけでなく、有象無象の悪人が寄ってくる。彼らから距離を置き、継続的に高額な収入を得るのは、並大抵の苦労ではない。田辺がやってのけているのは、一番初めのハッタリがうまく効いたからだ。

金もコネも、岩下が繋いでくれた。それが田辺への投資だったのだろう。認められたい一心で、やれることはすべてやった。結果、岩下の長財布と呼ばれるまでになったのだ。ほかの舎弟たちとは違う地位を得て、集まりに顔を出さないことも暗黙の了解となった。独立を許された誇らしさを、いまは虚しく思い出す。

オフィスの窓から夜景を眺めていた田辺は、腕時計の時刻を確認する。大輔との約束の時間が近づいていた。

情報交換をするための秘密の会合は、真昼に続いている。回数はまばらだ。その分、夜に会うようになった。

普通の恋人同士のように約束をして、待ち合わせの時間を待ち遠しく思う。できれば、週末のデートをすっ飛ばして家に連れて帰りたかったが、セックスだけが目的だと思われたくなくて我慢する。それも、以前とはまるで違っていて幸せだ。

ほろ酔いの大輔が見せる屈託のない笑顔が脳裏によみがえり、田辺は少しの時間だけ目を閉じた。胸がむずむずして、くすぐったさを覚える。

拗ねた横顔。冷たい視線。男っぽい口元。

ぎこちない優しさと、弾《はじ》けるような大笑い。目尻《めじり》にシワを寄せ、浮かんだ涙を拭《ぬぐ》う、太い男の指。

その指で肌をなぞられると、田辺の胸は激しく痛んだ。

好きでたまらなくて哀しくなることを、大輔といることで初めて知ったのだと思う。

ほかの誰に対しても封印してきた深い恋心を、田辺は初めて露《あら》わにしている。形だけの恋愛ではなく、大輔になら傷つけられてもいいと、すべてを投げ出す想いだ。

同時に、わざと傷つけてくる相手ではないと知っている。

田辺に対して「あや」と呼びかけてくるときの大輔は、女性名を連想させる呼び名を、まったくの男性名として口にしていた。

裸で抱き合い、愛撫《あいぶ》に泣くときでさえ、大輔は紛れもなく互いを男性だと認識している。同性だとわかっていて、すべてをさらけ出し、生きるも死ぬも田辺次第だと言わんばかりの顔をした。

そんな男を好きになってしまって、後戻りなんてできるだろうか。

自分の価値観を覆し、ありのままを受け入れてくれる大事な相手だ。だから、ふたりにとっての『一緒にいる』は、言葉そのままだ。価値観を寄り添わせて、空虚を埋めて生き抜いていく。

デスクに置いた携帯電話が震えたのに気づき、田辺は肩越しに振り向く。大輔以外のコールなら無視しようと思ったが、かけてきたのはその大輔だ。

応対に出ると、どこかそっけない声が聞こえた。

『あー、悪い。同期のヤツらに摑《つか》まって……。悪いけど、今夜は。……うるせぇよ、ちょっと黙ってろ！』

いきなり叫んだのは、後ろで騒いでいる連中に対してだ。どうやら、待ち合わせ場所へ向かう途中で摑まってしまったらしい。

『女だろ～』

『えー、マジか。カノジョ？』

『いないって、言ったじゃん！』

すでに出来上がった男たちが口々に喚《わめ》き立てる。デートだと言った瞬間に追跡を開始しそうな、体育会系のタチの悪さが垣間見《かいまみ》えた。

『うるさくて、マジでごめん。悪いけど、仕切り直しさせて』

大輔の早口が必死に聞こえるのは、彼らが余計なことを言い出さないかと警戒しているせいだろう。

遅い時間でもいいから会いたいと言いたかったが、大輔の身になれば、簡単には口にできない。少しでも頬《ほお》がゆるんだが最後、吊るし上げは不可避だ。

終わった頃を見計らってコールを入れようと決めて、田辺はおとなしく引き下がる。

「いいよ。……電話、今日中にくれると……」

名残惜しく言ってみたが、

『たぶん、無理。じゃあな。……おめーら、うるせぇって言ってんだろ！』

仲間たちにブチギレている声を響かせながら、あっけなく電話が終わる。きっと、このまま泥酔コースなのだろう。

トンビに油揚げをさらわれたような、遠足のおやつを猿に奪われたような、なんとも言いがたい理不尽さを感じ、田辺は深いため息をつく。不機嫌になりきれないのは、やはり大輔相手だからだ。頭の中はすでに、大輔が泥酔したあとのことを考えている。

どこで友人たちと別れてひとりになるのか。帰れないほど酔ってしまい、誰かの家に泊まるのなら、そこはもう上司のふりをしてでも奪いたい。

「同期って言ってたから、上司は無理か」

ひとり言をつぶやき、どうせだから、こちらも同期まがいのツレを呼び出して遊ぼうかと、電話帳のアプリを立ち上げる。

名前を眺めているうちに笑いが込み上げた。飲み友達の始末の悪さにはカタギもヤクザも関係ない。酔って羽目をはずすような間柄なら特にそうだ。

岡村にするか。もう少し、心許せる相手にするか。こちらは小さいヤクザ組織の若頭だから、想像以上に忙しい。飛び込みでは断られるかもしれなかった。

「まぁ、そういうことだよな」

大輔と友人たちも、このタイミングを逃せば、なかなか時間を合わせられないのだろう。人数が多いならなおさらだ。仕方がないと思ったが、ため息はくちびるから勝手にこぼれ落ちる。

オフィスのドアがノックされ、声を返すと、一緒に働いている若い男が顔を出した。

「もう出るところッスか？」

芝岡《しばおか》の口調は、いつまで経っても抜けない軽薄な若者言葉だ。彼を拾い、右腕に育てた田辺は今日もあきれてしまう。

しかし、注意しても直らないのにも理由がある。彼の交友関係が似たり寄ったりの口調で話すからだ。グレーな社会には共通言語のごとき文化があり、『ノリ』に合わせていないと部外者扱いされてしまう恐れがあった。いざこざの起きやすい界隈《かいわい》で円滑に仕事を進めるための重要なスキルだ。

それだけでなく、芝岡の仕事ぶりは真面目《まじめ》だった。ゴロツキ上がりにしては最後まで注意力が続くし、口が堅い。だから、それ以上、多くは望まなかった。良くも悪くも、人間の資質は変えられない。芝岡は信頼に値する貴重な人材だ。

「いや、予定がキャンセルになった」

伊達《だて》眼鏡を押し上げながら田辺が答えると、芝岡はにやりと笑った。

「じゃあ、ちょっと相談に乗ってください。『がっかり』って顔に書いてありますね」

「友達と遊ぶらしい」

「へぇ、いまどき珍しい。『女の子』ですか?」

相手が男だとは言わず、田辺は携帯電話の画面を消す。

「『子』じゃないな。さっぱりしてる。もう少し、しっとりしても、いいんだけどな」

「雰囲気、出しすぎてんじゃないッスか?　イケメンの……」

「惚れた相手に雰囲気出さないで、どこで出すんだ。おまえみたいに無駄撃ちしていられるほど若くない」

わざと年寄りめいたことを言うと、おもしろがっている顔で笑い返される。

「もしかして、結婚とか、考えちゃってません?」

「相談があるんだろう?」

冷たく睨んで、話を元へ戻す。

「いや、まぁ。それもありますけど。こっちも気になります。メシ行きましょう」

「絶対に話さない」

ウキウキと誘われて、いっそう冷淡に見つめ返す。

「またまたぁ。のろけてもいいッスよ」

若い男は、嬉《うれ》しそうに肩をすくめた。

＊＊＊

「もー、いいだろ。解放してくれ」

仕事で疲れているという逃げ文句は許されない。同期はみんな警察官だ。仕事内容は似たり寄ったり。下手な弱音は新たな説教の対象になりかねない。

独り身に戻った大輔を慰めると言いながら、結婚生活が続かなかった理由をひとつひとつ持ち出し、酒の肴《さかな》にされただけの飲み会だった。大輔が逆の立場でも同じようにするから、文句はない。

だが、次に続く誘いに乗る気はなかった。

「ナニ、言っちゃってんの！」

「いい子がいるんだって。ホント。今日はおまえに譲ってやるから」

見事な酔っぱらいになってしまった友人の手が、容赦なく腕を叩《たた》いてくる。手加減がなく、骨まで痺《しび》れる痛さだ。

顔をしかめながら、腕を摑んだ。関節技をさりげなくキメると、相手の目が血走って揉《も》み合いになる。

「だいたい、予約をしてるっておかしいだろ」

大輔が言うと、飲んだ流れで風俗店へ行く予定だった友人たちの目が点になる。

「いや、するだろ」

揉み合いになっている相手とは違う男が答える。

「しねぇよ。予約は」

「……そうだった。大輔は誰でもオッケーだから」

「待て。その言い方は許せない」

摑んでいた腕をぽいっと投げ捨て、別の友人に摑みかかる。

「お、やるか……。黒帯だぞぉ」

「うっせぇ」

「おまわりさ〜ん」

誰かがわざとらしく声をあげ、酔っぱらいは揃《そろ》って敬礼の体勢になる。背筋を伸ばし、指先もピッと伸ばす。

お決まりのジョークを一通り済ませ、大輔は名残惜しく解放された。一緒に飲めて楽しかったことは本心だが、昔のように風俗で遊ぼうという気にはならない。

どうしたって田辺の顔がちらついてしまうからだ。

あんなふうにそっけなく断らなければよかったと、うしろ髪を引かれる。いっそ、メールで断れば、終わり次第で会おうと言えたのだ。

飲み始めたら楽しくて、連絡することなどすっ飛んでいた大輔は、いまさらなことを繰り返し考え、携帯電話を取り出す。予定が変わり、誰かと会っているかもしれない。電話は避けて、メールのアプリを立ち上げた。

怒っているとは思わないが、嫌味のひとつやふたつは覚悟する。

田辺は優しいが、拗ねたことを言い出すと止まらないことがあった。それは必ず、いやらしいことにシフトしていき、お互いがごまかされてしまうのだ。

おそらく、それが田辺の甘え方なのだろう。めんどくさいと思うのに、大輔は嫌にならなかった。

取り出した携帯電話の画面にメールアプリが立ち上がった瞬間、ぽつりと水滴が落ちた。

ポツポツと続き、ハッとしたときには通り雨が激しく降り出す。

大輔は慌てて走り出し、駅へ向かった。どこかの店先に飛び込むよりもいっそ早い。

いきなりの雨は激しくコンクリートを打ち、バラバラと大きな音が響く。

駅へ逃げ込む酔客の声がしばらくは続いた。スーツ姿のおっさんも、ワンピース姿の女の子も、みんな濡《ぬ》れている。大輔ももちろん同じだ。髪もジャケットも濡れてしまい、せっかくの酔いも醒《さ》めてしまう。

駅へは逃げ込めたが、すぐに電車で移動する気にはならない。乱れた息を整えながら、太い柱のそばで、夏の名残を洗い流す雨を眺めた。湿気高くネオンが滲む。

ふいに、田辺のことが気にかかる。そんなはずはないと思いながらも、濡れていないかと心配になった。

髪を濡らした田辺は色っぽい。パーマをかけた髪は湿ると巻きが強くなり、それが妙に見知らぬ男のようで、胸が騒がしくなることもある。

自分が知っている田辺でいて欲しいと思う気持ちは、ある意味で執着だ。これから先も、変わらずに求めて欲しいと、言いたくて言えなくて、今夜のデートのあとも、マンションに泊まってくれと誘われるつもりだった。

もちろん、そこには夜のあれこれが含まれている。

考えると、友人たちの誘いが諸悪の根源に思え、逆の立場のときは、散々、恋路の邪魔をしてきたことも忘れて腹が立つ。これぐらいで別れる相手とは初めから縁がないのだと、わかったようなことを口にした過去の自分さえも疎ましい。

縁がなくても関係を繋いでいたいから、努力をする。

特に田辺との関係は、結婚というゴールがないから難しい。

どこを目指していけばいいのかと、ときどき悩ましい気持ちに囚《とら》われる。

田辺の地雷は特にわかりにくい。うっかり踏んでしまったら、これまでのことが嘘《うそ》のように冷めてしまうのではないかと不安になり、そのたびに、あきらめ悪く引きずりそうな自分の本心を自覚してしまう。

終わるならそれでいい、なんて、とてもではないが言えない。

だから、紙きれで縛れない関係の危うさに気が滅入ることもある。

好きだと自覚しなければ、こんな想いはしなくてもよかったのだと後悔しても、会えば、裏腹に満たされてしまう。そして、終わりがくることをひとまず忘れて、一緒にいることの楽しさを確かめていたくなる。

これが恋だと、大輔はしみじみ実感して、ため息をついた。

やはりメールをしようと、握りしめていた携帯電話を覗く。その視界の端に、危ういほどに濡れそぼった女の子が飛び込んできた。ショートカットの全身を濡らし、白いシャツが透けている。華奢《きゃしゃ》な身体をなにげなく見た大輔は驚いた。

濡れた背中にシャツが貼《は》りついているが、あるはずの横線がない。つまり、ブラの線がないのだ。薄手のシャツを着ているのに無防備だと思った瞬間、スーツを着た男たちがふらふらと吸い寄せられるように取り囲んだ。

知り合いかと思ったが、彼女を囲んだ中年の男たちは明らかに不審だ。

「ずいぶん、濡れちゃったね〜」

「びしょびしょにしちゃって」

酔いに任せた下品さに、大輔の眉が跳ねる。しかし、すぐには割って入らない。夜の繁華街だ。友人が駆けつけるかもしれないと様子を見る。

「やめてください……ッ」

女の子が小さく悲鳴をあげて飛びすさる。胸元を両腕で隠す彼女の背中を男のひとりがなぞったのだ。

「やめて」

後ろは段差だ。屋根はそこまでしかなく、下がれば濡れてしまう。

大輔は柱から離れた。警察手帳を携帯していなくても、見逃すわけにはいかない。

「嫌がってるだろ。やめてやれよ」

声をかけると、赤ら顔の中年たちが舌打ちを響かせた。

「知り合い？　知り合いなの？」

「俺らが先に声をかけたよね～？」

詰め寄られた女の子が後ずさる。段差を踏みはずしかけ、揺らいだ身体をとっさに抱き寄せた。

「自分たちがなにをやってるのか、わかってるのか！　立派な軽犯罪だぞ。正当な言い分があるなら、いまから、車掌室へ行こう。警察を呼んでもらう。かまわないよな？」

大輔はわざとまわりに聞かせるため、滑舌よく声をあげ、女の子に確認を取る。

中年たちが怯《ひる》み、口の中でもごもごと悪態をついた。かと思うと、あっという間に逃げ出し、改札を通り抜けてしまう。

大輔は見逃し、呼び止めなかった。背中をなぞられたが、まだ絡まれた程度で、実質的な痴漢行為があったとは証明できないからだ。

「だいじょうぶですか？」

女の子からサッと離れ、脱いだジャケットを肩に着せかける。

「袖を通してもらって、けっこうですよ。あっちを向いていますから」

そう声をかけて、身体を横向きにする。ジャケットに袖を通す気配がして、

「ありがとうございます」

と声がかかる。振り向いた大輔は首を傾げた。

目のぱっちりしたかわいい顔立ちに薄化粧を施しているが、凜々しく中性的だ。初見で

北口

は女性だと思ったが、よく見ると男性にも思える。露わになった首は筋張っているが、喉《のど》仏《ぼとけ》らしき出っ張りは確認できない。

「……えっと……、服は貸すから。洗ったりしなくて、いいからね。送ってくれるかな……えっと、場所は……」

性別に対する好奇心を抑え込んで、上着を警察署に送ってもらう段取りで話を進めていく。しかし、濡れた前髪を指先で直した相手は、頼りなげに眉尻を下げた。

「あの……。わたし、帰るところが、わからなくて……」

声は細く、聞き取りにくい。やはり女性かと思った大輔の脳に、言葉が届く。

「へ？」

「え？　あ、あぁ！　違います。自分が誰かはわかってます」

大輔の顔が物語っていたのだろう。肩を揺すって笑い、小首を傾げた。

「オカザキサツキといいます。海外から来たんですが、泊まっているホテルの名前がわからなくて。あと、携帯電話を、落としてしまって……」

困った表情だが、声はしっかりと出ていた。独特の間があるのは、日本語を話す機会が少なく、言葉を選んでいるからだろう。

「探してるうちにびしょ濡れになったのか……。このあたりは、治安の悪いところじゃないけど、そんな格好は……」

「うっかりしてました」

ブラジャーを着けなかったことか、びしょ濡れになってしまったことか。大輔には判別できない。聞くわけにもいかなかった。確かに必要ないと思うほどに、平面的な胸部だ。

やはり男かな、と大輔の認識が揺れる。

「携帯電話が見つかれば、泊まってるホテルはわかる？」

「家族に連絡が取れます」

「なるほど。家族の携帯電話の番号は覚えてる？」

大輔の質問に、皐月が首を横に振る。

「まぁ、そんなもんだね。じゃあ、自分の電話番号は？」

「……わかります」

「落とした場所もだいたいはわかってる？」

「はい」

「ひとりで来たのかな？　なにをしてたの？」

サツキの外見や表情を観察しながら、問いかける。年齢は大学生ぐらいに見えるが、家出してきた高校生が大人っぽく見えることはざらだ。

そして、どこに嘘が隠れているのかは、わからない。警察官としての経験と照らし合わせて、矛盾や疑問を確認していくのがセオリーだ。

　サツキは雨の中を指さした。

「ここの通りのずっと向こうに、カレーショップがあるんです。そこへ食べに行ってました」

「おいしいの？」

　詰問ばかりでは警戒されるので、世間話も盛り込む。

「思い出の味なんです。横浜に帰ってくることはめったにないので、久しぶりに行けて……嬉しかったんですけど……」

　携帯電話を落としてしまい、ショックなのだ。

「店にあるかもしれないから、携帯電話を鳴らしてみよう。俺がかけてもいいかな」

「店には、なかったんです。でも、お願いします」

　誰かが拾っていれば、着信に反応してくれる可能性もある。サツキが口にした番号にコールを入れながら、

「サツキって五月って書くの？」

「難しい方の皐月です」

「あーなるほど。ここまでは、どうやって来た？」

　電車なら、逆をたどって帰れるのではないかと思って聞く。しかし、皐月はうなだれるようにして首を左右に振った。

「家族に送ってもらったんです」

「お母さん？　お父さん？」

「えっと、母の弟……です。一緒に暮らしていて。帰りもこのあたりで拾ってもらうことになってたんですけど、ケイタイで連絡を取り合う予定だったので。待っていれば、探してくれるとは思うんですけど」

「それは……。これからはもっと酔っぱらいの増える時間になるからなぁ。……困ったね。……誰も出ないな」

しかし、呼び出し音は鳴っている。

「交番に声をかけてみようか。届いているかもしれない。なかったら、店まで行ってみて、また交番かな」

「あ、あの……。ご迷惑だとは思うんですが、一緒に……」

「いいよ。乗りかかった船ってヤツだし。とりあえず、傘を買おうか」

あたりを見回した大輔は、改札横の売店の前にビニール傘を見つけた。皐月が金を出そうとするので、ありきたりな問答を一通りしてからあきらめさせる。

「大学生？　何歳？」

「二十二です」

「海外に住んでるんだっけ？」

傘を二本買い、一本を皐月に渡した。見れば見るほど、性別がわからなくなる。化粧をしているのだから女性だと頭は認識するが、ふとした瞬間に少年めいたものを感じる。

迷っているうちに違和感は薄れた。限りなく少年っぽい女の子と話している気分になればいいだけだ。どちらにしても、皐月の口調は柔らかく、放っておけない雰囲気がある。どこか上品で、世間知らずな感じがした。

「いまはフランスの大学に籍を置いてますけど、今度、アメリカへ行く予定なんです」

「へぇ……フランス語も英語も話せるの？　すごいな」

ふたりで雨の中へ出る。交番の場所は知っているので、皐月を促しながら先導して歩く。その途中にも電話をかけた。交番に届いていれば、電話は繋がるはずだ。

二回、三回とかけているうちに呼び出し音が鳴らなくなり、圏外の通知が帰ってくる。

「……充電、残ってなかった？」

足を止めて振り向くと、あちこちの地面を眺めていた皐月が顔を跳ね上げた。目を大きく見開き、短く息を吸い込む。なかなかに、オーバーなアクションだ。

「だいじょうぶ、だいじょうぶ。見つかるよ」

完全な気休めだったが、皐月には効果があった。ビニール傘を細い手首で支え、ホッと息をつく。

行動範囲に嘘がなければ、交番とカレーショップの間で見つかる可能性が高い。行き来している間に、皐月を探しにきた家族と出会うこともあるだろう。

「……こういうこと、よくあるんですか？」

皐月の声は細い。しかし、すっきりとしていて、雨音の中でもよく通った。

「探し物に慣れてるみたい」

「まぁ、職業柄ね。昔は、そういうハコに詰めてたしね」

軽い口調で答えながら、見えてきた交番を指さした。

「……けいさつ」

沈んだ声色を、大輔は聞き逃さなかった。

世の中には、警察と聞くだけで緊張する人間もいる。ある意味での抑止力だ。

「落とし物で逮捕される人はいないから」

「そうですね」

皐月が安心したように笑うのを確かめ、交番へ入る。

落とし物を確認してもらったが、携帯電話は届いていなかった。もしも、それらしきものが出てきたときの連絡先として、大輔は自分の携帯電話番号を知らせた。

今度はカレーショップへ向かう。皐月が通った道を戻り、ほかに寄った場所はないかと確認もする。

「このあたりで雨が降ったんです」

あたりを見回した皐月は、飲み屋の看板に見覚えがあるとうなずいた。

「駅まですぐだと思って走ったんですけど、意外に距離があって……」

実際、歩いてみて実感したのだろう。恥ずかしそうに笑いながら、湿った髪を片耳にかける。やはり仕草に育ちの良さがある。繁華街をひとりで歩くタイプではなかった。本当に、思い出の店を訪れただけなのだろう。

「駅まで行って、どうするつもりだった？　帰り道は知らないんだろ？」

「電話があるんじゃないかと思ったんです」

「……家族のケイタイの番号、本当は知ってるのか」

聞いてはいけなかったのだろう。皐月の表情が目に見えて暗くなる。

母親の弟と暮らしているという話を思い出し、大輔は、複雑な家庭環境を想像した。

「実家は横浜なのか……」

「連絡しづらい事情があるんです。でも、携帯電話が見つからなかったら、実家に電話をするしかないので」

「最終手段があるなら安心だな。かけづらいなら、俺が……」

「いえ！　ご迷惑になりますから！　それは、本当に、しないでください。どこか、電話を貸してくれるところがあれば」

「俺のケイタイは？」

「それも、ちょっと……」

「きみ、変わってるなぁ」

なにかを警戒しているようだが、知られたくないというよりは、巻き込みたくないと遠慮しているようだ。犯罪の匂いは感じなかったので、実家についても踏み込まなかった。

いわゆる毒親なら、あとで困るのは皐月だ。

「気を使うタイプなんだな。いつから？　母親との関係が悪いとか？」

「悪くはないです。思春期がこじれて困らせたことはありましたけど、いまは良好です」

大輔の質問には臆《おく》することなく応《こた》える。皐月の中では、触れられたくないところと、そうでないところの区別がしっかりついているのだ。

「へぇ、こじらせるようには見えないけど」

「そうですか？　普通ですよ」

皐月は静かに笑い、ひそやかに息を吸い込んだ。

「わたしのこと、どっちだろうって思ってませんか？　男と女、どっちだろうって」

思いがけず明るい声だ。大輔は足を止めて、振り向く。

「うん。思ってる。……化粧、してるよな」

目元とくちびるに色がついている。

「でも、まぁ、俺はどっちでもいいよ。きみの携帯電話が見つかって、無事に家族と会えるなら。……あ！　でも！　俺からは女に見えてるんだけど、男に見られたいなら、そう言ってくれると助かる」

「……あなたも変わってますよ」

「いや、俺は普通だ。人間はいろいろだし、中身と外身が違うのも、よくあることだ」

異性愛者そのものに見える大輔の、その恋人が、どこから見ても男であることと同じだ。田辺は特別な相手だが、自分の性的指向が同性愛だと決めつけられることは望まない。

「女に見えてるなら嬉しいです」

「本当は？」

どちらでもいいと口にした先から聞いてしまう。

「ひみつ」

大輔が貸したジャケットはダボダボに大きく、袖も裾《すそ》も長い。まるでショート丈のレインコートだ。若い少女にからかわれた気分で、大輔は首の裏に手のひらを当てた。

不思議と嫌な気分にはならなかった。

「あら～、大輔ちゃん。おひさじゃな～い」

茶色のドアを開けると、声が飛んでくる。

まるでニューハーフのような口調だが、正真正銘の女性だ。大輔が馴染みにしているスナックのママが、中年のふくよかな肉体を揺らしながら薄暗い店内へ躍り出てくる。平日なので、客は少ない。しかし、ガランとはしていなかった。

「えー、ずいぶんと若い子を連れちゃって……。やーらしぃんだわ～」

大輔の背中に隠れるように立っていた皐月にめざとく気づき、おおげさな動きで覗き込む。まだ湿っている髪や、大輔のジャケットを借りていることに気づくと、目を丸くした。

「やだ、事件……」

「雨に降られたんだよ」

大輔が答えるのを聞いたのか、聞いていないのか。店の女の子に向かって、酒焼けした声を張りあげる。

「タオル持ってきてあげて！　服も濡れたの？　かわいそうに」

勢いよくまくし立て、皐月の腕を引っ張った。奥の席へと連れていく。

携帯電話は結局、カレーショップにあった。皐月が確認したときは片付けを行った店員が持っていて、忘れものの処理がされていなかったのだ。

「ママ。このケイタイ、充電してもらえる？　俺は、そこの店で着替えを買ってくる。ジャージぐらいなら売ってるよな」

「え、大輔ちゃんが行くの？　変な服を買ってきそう。ダメよ。うちの女の子に行かせるから、こっちについてってあげなさい。え？　知り合いじゃないの？　まぁまぁ、また面倒見のいいところを出して」

いい子いい子と大輔の頭を撫で回すふりをして、皐月の携帯電話を受け取り、タオルを持ってきた店の女の子に渡した。

「それからね、着替えを買ってきてあげて。そのまま帰れるような服ね。この子が着るから、セクシーじゃないヤツよ」

奥から戻ってきた女の子は、髪を拭《ふ》いている皐月に向かってにっこりと笑った。

「大輔さんに助けてもらえるなんて、ラッキーよ」

ふくよかな身体つきで、けっして美人ではないが愛嬌《あいきょう》は抜群だ。

「あ、これ。服代。足りそう？」

皐月に隠れて渡すと、小さくうなずいた。

「狙《ねら》ってるの？」

こそっとささやかれ、大輔は肩をすくめた。

「二十歳《はたち》は超えてるって話だけど、まだ子どもだ。好みのタイプじゃないな」

「ほんとだか、どうだか。じゃあ、行ってきます」

店を出ていこうとする女の子に、馴染みの客が付き合ってやると言って立ち上がる。ふたりはいそいそと出ていった。

「ふたりで行かせて、すぐに帰ってくんの？」

大輔が眉をひそめると、カウンターに入ったママは朗らかに笑う。

「だいじょうぶよ。あの子ひとりじゃ、悩んで時間がかかるから、気を使ってくれたの。だからね、ひとりで行くよりも早いわよ。大輔ちゃん、ボトルを出す？　彼女は？　お酒がいいかしら？　お味噌汁《みそしる》、あるわよ」

距離をものともせずに大声で呼びかけられ、

「じゃあ、それを……」

勢いに押された皐月はこくこくとうなずく。それから、大輔を見た。

「大輔さん。服代をお支払いします」

「あぁ、値段がわかったらね。そこはちゃんともらうから」

答えている間に、皐月のための味噌汁が届き、大輔がキープしている焼酎《しょうちゅう》ボトルと水割りのセットも運ばれる。

ママがちゃっかりと大輔の隣に座った。

＊＊＊

オフィスで仕事の相談を受けた田辺は、そのままの流れで芝岡と夕食へ出た。

大輔と行くつもりだった店はキャンセルだ。他人と行く気にはならない。

一時間ほど過ごしてから駅前で別れ、タクシー乗り場へ足を向ける。まだ利用者の列はできていない。

最後尾に並ぼうとした瞬間に、ポケットの中で携帯電話が震え出し、とっさに大輔を想像した。慌てて取り出し、タクシー乗り場を離れる。しかし、表示された名前は、別の人間だ。大滝悠護の仮名だった。

もちろん、無視はできない。落胆が声に出ないようにして通話を繋ぐ。

『おっす、おっす。お疲れさ〜ん』

名乗らずに対応に出ると、張りのある若い声が聞こえた。陽気でふざけた語り口は、間違いなく悠護だ。三十代前半。闊達《かったつ》な性格をしている男の性分は声にも表れている。

滑舌よくはっきりと話すが、声が大きすぎることはない。

『いま、横浜？　稲毛《いなげ》のあたりにいる？』

「それだと千葉ですけど……。野毛《のげ》ですか？」

田辺が笑って答えると、電話の向こうで悠護が唸《うな》った。

『あー。そっちか。そのあたりにいる？』

「いいえ、横浜駅です。遠くはありません」

頭の中に地図を思い浮かべてみる。タクシーに乗れば、すぐに移動できる距離だ。

『皐月と連絡が取れないんだ』

「野毛にいるんですか？　ひとりで？」

想像できない。上品な皐月は、元町か赤レンガ倉庫の似合うタイプだ。

ディープスポットとして名高い野毛に、ひとりで行くとは考えられない。けれど、悠護は肯定した。

『思い出のカレー屋があるんだよ。関東に寄るときはそこへ行きたがる。だから、車を回したんだけど』

「悠護さんはどちらに」

『予定が変わって都内にいるんだ。その連絡もできてないし、知り合いに回収してもらうにも、ケイタイに連絡がつかなくてさ』

「……かかってはいるんですか」

『全然、出ない』

「カレー屋の名前を教えてください。そこへ行ってみます」

『いざとなれば、組の名前を出すと思うけど』

「そうですね。皐月さんはしっかりしているから……」

『まだまだガキだ』

かわいい甥《おい》っ子が心配なのだろう。まだ二十歳を過ぎたばかりで、見た目も繊細だ。悪い酔っぱらいに絡まれていてもおかしくはない。

電話を切った田辺はタクシー乗り場へ戻り、停車している一台に乗り込んだ。行き先を告げ、動き出したタクシーの中で、悠護から聞いたカレーショップの店名を携帯電話へ打ち込む。詳しい場所を探し出す。

「あぁ、雨ですね」

タクシー運転手に言われて、運転席の後ろに座っていた田辺は窓へ向く。先ほどまで気配さえなかった雨が、窓を叩いていた。

「通り雨ですかねぇ。傘はありますか」

止《や》むか、止まないかの話になり、遠回りになるが、コンビニエンスストアへ寄ろうかと提案される。田辺が承諾すると、タクシーは手近なコンビニエンスストアの駐車場へ滑り込んだ。

看板と店内の照明が、雨のカーテン越しにも眩《まぶ》しい。

そこへ、電話がかかる。また悠護だ。

『悪い。連絡がついた』

口早に言われたが、安心はできず、トラブルの有無を確認する。

『あぁ、それはだいじょうぶ。店にケイタイを忘れて、雨に降られたらしい。親切な男が助けてくれたってさ。おまえはもういいよ。悪かったな、いきなり』

「いえ、俺はかまいません。皐月さんに、なにごともなくてよかったです」

『楽しく飲んでるらしいからさ。心配ない。俺もいまから合流する』

笑いながら言われ、事態は想像以上に平穏だと納得する。日本に友人のいない皐月にとっては、いい出会いになったのかもしれない。

「じゃあ、俺は帰ります」

『おー、悪かったな』

電話が終わり、待たせていたタクシー運転手に声をかけた。

「すみません。傘はもういいので、行き先の変更をお願いします」

ふたたび走り出したタクシーの中で、田辺の心はひっそりと孤独に襲われた。

悠護と皐月に合流したかったわけではない。

ただ、会えるはずだった大輔との時間が恋しくなっただけだ。

キャンセルの電話が入ったとき、もっと強く出ておけばよかった。

しかし、迎えに行くと言うのも、日が変わっても待っていると言うのも、どこか気持ちが重すぎる。友人と遊びにいくのをこころよく思っていないと取られるのも心外だ。やはりクールに対応するのが、一番印象がいいだろう。

対応に間違いはなかったと納得したが、沈んだ心を浮上させることは容易でない。

会いたかったと口の中でだけつぶやいて、いつかはこんな気持ちも届くと信じた。

スナックのママが出してくれた味噌汁を飲み、ホステスが買ってきた七分丈のパーカーとロングスカートに着替えた皐月はワインを飲み始めた。

パーカーはスモーキーピンクで、スカートはブラック一色だ。白シャツとチノパンよりは、ぐっと女の子らしく見える。

「性別って、間違えて生まれてくるもんなんだな……」

焼酎で濃いめに作った水割りを片手に、すっかり酔いを取り戻した大輔は革靴を脱いでいた。ソファの上で片膝《かたひざ》を立て、ソファの背もたれの上に肘をつく。後ろは壁だ。

鉤形《かぎがた》になったソファ席の斜め向こうに座った皐月は、慣れた仕草でワインを飲んでいる。充電が戻った携帯電話には、叔父《おじ》からの連絡が入り、スナックまで迎えに来ることになっていた。安心した皐月の頬に、酔いの赤みが差し、臆することなく睨み返された。

「女の身体に生まれてくるべきだった、ってことですか？」

ママやホステスは別の席にいる。ふたりのテーブルにはママ特製の小料理が並び、酒はかなりのスピードで進んでいた。キープしていたボトルを飲みきった大輔は、新しい焼酎のボトルを頼んだ。

＊＊＊

「いんや……」

ぐっとうつむき、首をゆっくりと横に振る。

「男の身体にもいいとこはある。きもちいいしな……」

酔いに任せて、へらっと笑う。

「ナニ、言ってんの。セクハラよ」

ボトルを持ってきたママに肩を叩かれ、古いボトルにかかっていたマーカーを新しいボトルにかけ替えた。

「別に、セクハラとか関係ないよ。なぁ、皐月、大人の会話だよな」

またふたりきりになり、大輔はテーブルの上の小鉢を引き寄せた。ほうれん草の白和《しらあ》えだ。さっぱりしていて、酔って熱くなった口の中を冷やしてくれる。

「……大輔さん、経験があるんですか」

「なにの？」

「そっちの……。その、男同士の」

「入れたことはない」

あっさり答えると、皐月は口をポカンと開いて固まった。

奥二重が清楚《せいそ》な雰囲気だが、瞳《ひとみ》はきらきらと潤み、人を見据えて臆することがない。持って生まれた意志の強さを感じさせる。

肉体的なハンデを乗り越え、いろいろと割り切っているのだろう。第一印象とは違い、人に従って生きるタイプには見えない。

「そんなこと、話していいんですか」

「なんで？　入れたことがあれば武勇伝か？　バカだろ、それ」

酔いに任せて口が悪くなる。皐月は気にせず、ワインのグラスを揺らした。中身がくるっと回転する。

「好きだから、するんだよ」

大輔は、目を細めた。酔った頭はぼんやりと不確かで、ここに田辺がいてくれたら安心して身体を預けられるのに、と思う。

昔と違い、いまは田辺がいることで気持ちよく酔える。帰りの心配も、飲みすぎの心配もしなくていいからだ。

玄関に入ってすぐに倒れ込んでも、叱られることはない。小言さえも優しく柔らかいのが、田辺のいいところだ。なにを言っても妙に色っぽく、腰が疼《うず》くようないやらしさを感じさせる。

「そういう人と、付き合ってるんですね。……いいな」

皐月の表情に憂いが差し込み、大輔は小首を傾げながら身を乗り出した。

「好きな相手がいるのか。どっち？　男、女？　それとも、どっちでもないヤツ？」

「それ、どういうのなんですか？」

ケラケラッと陽気に笑った皐月が片頬を膨らませた。大輔の肩を強く押して言う。

「男の人です。年上の、優しくて、頭のいい人」

「へー。そういうのが好み」

大輔の脳裏には田辺が浮かぶ。優しく、頭のいい男だ。

けれど、皐月の脳裏に浮かんでいる男は、もっとまともな相手だろう。

人を騙したり、金を巻き上げたりしない、カタギの青年だ。

皐月の顔をじっと見つめ、大輔は片頬に笑みを浮かべた。皐月はおそらく、その相手に抱かれたいと思っているのだろう。

恋する瞳はしっとりと濡れて、長いまつ毛がかすかに震える。

ずいぶんときれいな表情をするんだな、と思った。そして、どこかで見たことがある表情だとも思う。

整った顔立ちと、愁いを帯びた目元。叶《かな》わない恋に溺《おぼ》れていくことを悔やみながら、大輔の手を離そうとしなかった男。やはり、田辺が浮かんでくる。

大輔はうつむいた。いつ頃の記憶なのかは思い出せない。悲しげな顔は昔のことだ。この頃ではない。

「まぁ、なぁ……。ストレートに上手くいくことばっかりじゃねぇよ」

「大輔さんも？」

「俺は、ダメな男だから。人の気持ちとか読めないし、特に恋愛になると無理だな。自分の気持ちも上手く出せない。皐月の相手は、どんな感じ？　気持ちは知ってんの？　向こうは」

「たぶん、わかってると思います。でも、はっきりさせたら、線を引かれそうだから。相手は、普通の女性が好きだし。……ほら、中身と外見が、ちゃんと一致してるような」

「一致してなくても、おまえは、おまえだよ」

　大輔の言葉に皐月が息を呑《の》む。しかし、それに気づかず、大輔は話し続けた。

「気持ちを口にするかどうかも、皐月次第だよな。言わない方が、いい関係でいられることもあるもんな」

「大輔さんは、自分から告白したんですか」

「え？　なんで……」

「だって、はっきりしてるから。気持ちが読めないのは、人間同士だから当たり前でしょう。でも、読めてないってわかるのもすごいと思うんですよ。……相手の人、素敵な人でしょうね」

「えー……。コクったのは、俺からじゃねぇよ。気持ちが読めないってのも、そんないい意味じゃないし。俺は本当に、口下手だし、言葉は悪いし、恋愛はいつも受け身なんだよ。

……俺の場合は、相手が変なヤツでさ……。あ。いや。顔はいいんだ。最高にいい。美人じゃないけど、男として出来がいい。顔も、体格のバランスも……。頭はずる賢いけど、悪くはない。けど……俺に惚れてんだから、バカなんだよ」

肩を揺らして鼻で息をつく。どうしようもないヤツだと改めて思い直す。自分に惚れるなんて、田辺は損をしている。本心から、そう思う。

黙って話を聞いていた皐月が、眩しそうに目を細めた。

「好きなんですね。そういう、悪いところも好きになれるって、いいと思います」

「やー……、そういうのじゃ、ない……」

もっと悪いところはあると言いかけて、大輔は口をつぐんだ。キリがないし、余計なことを言ってしまいそうだ。

「どこが一番好きなんですか？」

首を傾げた皐月は、いたずらっぽく微笑み、酔いに任せてさらに聞いてくる。

「夜のあれ、とか……ですか？」

恥ずかしそうに言われ、大輔は小さく飛び上がった。

「あーッッ！」

大声をあげてグラスをテーブルに置く。それからソファの上をのたうち回る。

清純な表情で切り込んでくる皐月も破壊力は高かった。しかし、なによりも、田辺だ。

自分が思い出した色気の記憶だけで、ガツンとやられた。

　ママからうるさいと叱られ、大輔と皐月は顔を見合わせた。

　どちらからともなく肩をすくめる。

「どこが好きとか、考えられねぇ」

　大輔が唸っても、皐月は引かなかった。

「じゃあ、いま、考えてみてください」

　皐月も酔っているのだろう。問い詰められた大輔はソファへズルズルともたれかかった。

「うぇ……、無理」

「大輔さん、もしかして、相手の人に気持ちを打ち明けてないとか？　ズルズルした関係ってよくないですよ」

「言ってるよ、それは。けど、一回、言えばいいだろ。わかるじゃん、あとは……」

「わからないものですよ」

　女であり男でもある皐月の言葉は、大輔の胸に重く響いた。

「だって、人の気持ちなんてわからないじゃないですか。大輔さんだって、さっき言ってたけど、自分がわからないなら、なおさら口に出していかないと。相手はいっつも先回りですよ。……昨日よりも今日、もっと好きになってるなら、そう言って欲しいんです。みんな、そうなんです。それに、言い合える相手がいるって……、うらやましいです」

まっすぐに正論を説かれ、大輔は眉根を引き絞る。

「そんなに簡単なものじゃねぇけどなー……。安売りしてるみたいだろ」

「ダメなんですか？　相手は、そう受け取るタイプですか？　大輔さんの話を聞いてると、ベタ惚れされてるって感じがするから……喜ぶんじゃないかと思います」

「え……。どうして」

大輔はぴょんと起き上がり、ソファの上で正座する。引っかかりを覚えたのは、ベタ惚れされているというところだ。

「俺、そんな話はしてないよな？」

「……でも、愛されてますーって、顔に書いてあります」

「マジで。え……、いやだ、こわい」

両手で顔を覆い、酔った大輔は、自分の頬やまぶたをゴシゴシこする。

「待って、待って。いまだけ、いまだけだと思います。その人の話をしたから」

皐月の両手が大輔の手首を掴んで引き下ろす。

「大輔さん、酔うとおもしろいですね」

「誰だって、酔えばおもしろい」

「まぁ、そうかもしれません。……わたしは違いますけど」

「飲み慣れてないんだよ」

片足を下ろし、グラスを摑んだ。焼酎の水割りをぐっと飲み干す。

「愛されてるんですよね？　すごく……」

皐月はなおも食い下がる。年上をからかい、おもしろがっているのだ。そう思い、大輔は軽い口調で答える。

「たぶんねー」

「同じぐらいに気持ちを返さないと、大輔さん、負けっぱなしになりますよ？」

「ん？」

ふっと心が動いた。皐月の顔を見返して、パチパチとまばたきをする。

「誰だって、好きになった人には優しくして欲しいし、愛情をたくさん返して欲しいんじゃないですか？　言葉とか、態度とか。……わたしが好きな人は、友情をくれます。恋愛感情は返せなくても、傷つけないように距離を置いて付き合ってくれるところが、本当に、すごく好き」

うつむき加減で微笑んだ皐月は、恋する表情が爽《さわ》やかだ。まるでレモン果汁を搾った初恋そのものに見える。

「どうして、おまえのこと、好きにならないんだろうな。性別なんて、案外、どうってことないのに」

皐月への慰めではなく、大輔の本心だ。肩をすぼめた皐月は、今夜初めて見せる大人びた表情で首を傾げた。

「ほかに、好きな人がいるんです。……わたしも、相手の人を知ってるから。いまのままでも、幸せ」

「一度ぐらいは……って思うだろ」

皐月がどんなに少女趣味でも、好きになれば考えてしまうだろう。

好きな相手と触れ合い、情を交わせば、心のどこかで区切りがつくこともある。たとえ、どちらかにとっては、性欲の延長線上だとしても、だ。

「もっと大人にならないと無理ですね。迷惑かけるだけで、いい思い出になりそうになくて」

答えた皐月の手元で携帯電話が震え出す。家族が到着したのだろう。電話に出ながら、大輔に視線を向けてくる。

「一緒に飲んでもいいかって、聞かれてるんですけど。かまいませんか？　お礼がてらに」

「俺はいいけど」

「じゃあ、迎えに行ってきます」

電話に向かって承諾の返事を伝え、皐月は立ち上がった。

「大輔さん。わたしの恋愛の話は内緒にしておいてくださいね。すぐに心配するから。あと、ちょっと陽気な人なので……、適当に相手してください」

そう言って席を離れ、店を出る前に忘れものをしたような顔でそそくさと戻ってきた。

「わたし、いつかは、その人に抱かれます。絶対に」

宣言するように言って、皐月は晴れ晴れしい笑顔を浮かべる。それから、茶目っ気のある仕草で肩をすくめ、パタパタと足音を響かせて出ていく。

子どもではいられず、大人にもなりきれない年頃の、甘酸っぱい恋が大輔の耳元に残る。誰にも言えない決意を聞かされ、ぼんやりと宙を見つめた。そして笑う。

大人でよかったとつくづく思う。

別れを前提にした青い体験を、田辺へ求めずに済むからだ。

一緒にいたい。そう思うから、田辺の想いではなく、自分が相手を好きだと感じることを否定したくない。

大輔は携帯電話を取り出し、メールのアプリを開いた。あとでマンションに行ってもいいかと、わがままなリクエストを送る。

返事は数秒で届き、大輔はあきれるよりもホッとして笑う。


数分後、キラッと白い歯を輝かせて現れた皐月の保護者に、大輔はたじろいだ。

「どうも、どうもー。皐月がお世話になりましたぁ！　巷《ちまた》では、ゴーちゃんって、呼ばれてまーす！」

想像した『叔父さん』とはまるで違う雰囲気の男だ。

若くて、派手で、見るからに落ち着きのないチンピラがいる。パーマのかかった髪は明るい茶色で、バキッとした原色を組み合わせた花柄のシャツが眩しい。似合っているから許せるが、脱ぎ捨ててあったら酷評しかできない色柄だ。

「大輔さん、でいいのかな？　俺も、焼酎をもらおうかな。レモンで」

物怖《ものお》じしない態度で始まった『お礼の一席』は、大輔の想像をはるかに超えて盛り上がり、最終的にはスナック全体がパーティー会場と化した。

途中で入ってきた客は驚いていたが、あっという間に『ゴーちゃん』のノリに引き込まれてしまう。

カラオケが始まり、ダンスを踊り、誰の酒なのか、料理なのか、判別もつかなくなる。

しかし、心配はしなかった。パーティー状態になったと同時に、ゴーちゃんが万札を置いたからだ。一目では数えられない枚数だ。

「あとでこっそりとか、盛り上がらないだろ」

腰に手を当てて豪快に笑い、本人は何食わぬ顔でカラオケの演歌を歌い出す。それがやけに受けて、客の心が一体になった。

大輔は笑い転げ、浴びるように酒を飲んだ。しかし、お開きになっても、吐くほどには酔っていなかった。かなりの頻度で、皐月が水を持ってきたからだ。

「迎えに来てもらうんでしょう？」

耳元にささやかれ、皐月たちが帰る前に電話をする。ろれつは怪しかったが要旨は伝わり、笑った田辺は「すぐに行く」と請け負ってくれた。

田辺を待ちながらふたりを見送ったときには、雨はもうすっかり上がっていて、繁華街を歩く遊び客の群れは一様に駅へと流れていた。

「皐月。おまえはかわいいから、だいじょうぶ。振り向いてもらえないかもしれないけど、ちゃんといい相手が見つかる」

別れ際に引き寄せ、勇気づけたくてギュッと抱きしめた。男友達に対してするような軽い気持ちだったが、思いがけず少女めいた身体つきに驚く。

「あ、ごめん」

「いいえ。今日はありがとうございました。横浜での思い出がまたひとつ増えました。大輔さんもちゃんと伝えてくださいね。……気持ち」

皐月の指が、とんと大輔の胸を突く。

そうして少年以上青年未満で複雑な年頃の若者は、手を振りながら身を翻した。

叔父の『ゴーちゃん』も、そのときばかりは落ち着きのある仕草で手をあげた。

どちらが本当の姿なのかと、大輔の脳裏に疑問がよぎる。しかしそれもすぐ、酔いにまぎれた。

＊＊＊

繁華街の裏手にあるコインパーキングに車を入れ、指定されたスナックへ足早に向かう。

裏路地の暗がりに大輔の姿があった。

逆さまにしたビールケースに座り、自分が吐き出す細い煙を目で追っている。田辺は足を止め、しばらく見入った。

猥雑《わいざつ》な景色にまぎれ、大輔はやはりどこから見ても男だ。大股《おおまた》を開いて座り、背を屈《かが》めながらつまらなさそうに煙草を吸う。太る暇もなく忙しい警察官の頬は引き締まっていて、指先まで荒削りだ。いつもは撫でつけている髪が額に落ちているのは、雨に濡れたからだろう。

友人たちは中にいるのか。それとも、もうお開きになったのか。詳しいことはなにひとつ聞いていなかった。

「おっせぇなぁ……」

ぼんやりとつぶやいた声が聞こえ、遅れて大輔が振り向いた。

人通りのない道に田辺を見つけても、にこりともしない。酔った身体を重そうに持ちあげ、ふらつきながら店のドアを開けた。

カラオケの大音量と調子のはずれた歌声が流れ出てくる。

「帰るからぁーッ！」

叫んだ大輔は、店内に向かって適当に手を振り、足の裏で消した煙草をビールケース脇《わき》の缶に投げ入れた。

「よっしゃ……」

うまくできたことに喜び、身体を揺らしながら近づいてくる。かと思うと、ぐったりしたようにうなだれる。

「すみません。酔いました……」

膝に両手をつき、腰を引きながら頭を下げる。かなり飲んだらしく、アルコール臭がプンと鼻をつく。ひとりでは家に帰り着けないと思って電話をしてきたのだろう。

久しぶりに見る泥酔姿に、田辺の頬が思わずほころんだ。

「かまわないよ。友達は？」

「んー、帰った……」

答えた大輔は、田辺を待たずに歩き出す。行き先はいい加減だ。慌てて肘を掴み、コインパーキングまで誘導する。

「飲んだ、飲んだー。今日、ぜんっぶ、おごり……。すげぇだろ。店中の勘定、ぜんっぶ払った」

「大輔さんが？」

酔った勢いならとんでもないことだ。驚いて尋ねると、力加減のない腕がどんっと肩に落ちてきた。大輔の全身がもたれかかってくる。

「ちがーう」

「じゃあ、誰？」

「ごーつぁん」

「ん？」

酔っぱらいの言葉はろれつが怪しくて聞き取りにくい。そういう名前の友達か、もしくはスナックの常連客がいるのだろう。

「大輔さんの分も？　よかったね」

さりげなく腰に手を回して引き寄せたが、田辺の下心に反して、酔っぱらいを介抱しているようにしか見えない。ときどき千鳥足になる大輔も嫌がらなかった。

それが嬉しくて、大輔が楽しく遊べたのならよかったと素直に思う。その最後に、迎えに来て欲しいとせがまれたことも田辺の自尊心を満たす。どうあっても、最終的に頼ってくれるならいい。

大輔を待つことには慣れている。なにひとつ返ってこないと期待もしていなかった日々から考えれば、いまはもう、恵まれすぎているぐらいだ。

抱き寄せていないと、あちらへこちらへふらついてしまう大輔を摑まえ、コインパーキングの中へ入る。大輔を車に乗せて、ドリンクホルダーに用意しておいたスポーツドリンクのフタをゆるめて手渡す。

自動精算機で金を払って戻ると、大輔はペットボトルの中身をあらかた飲み干していた。パーキングは暗く、車内灯が消えると大輔の表情は見えなくなった。

「気分は悪くない？」

上機嫌に振る舞った揺り返しを心配して尋ねる。

平気だと答えた大輔の声が沈んで聞こえ、田辺はパーキングを出てすぐに車を停《と》めた。

街灯はやはり暗く、通行人は皆無だ。

夜の遅い時間は、繁華街を挟んで反対側の通りに人が集まる。遅くまで開いている店やラブホテルに近いからだ。

「どんな感じ？　吐きそう？」

重ねて尋ねたが、疎ましそうな返答はなかった。いつもなら心配しすぎだと邪険にされるのに、今夜はやけにおとなしくうなずいている。

影のように見える動きを目で追って、田辺はダッシュボードからコンビニの袋を取り出した。平然として見えても、大輔が泥酔していることはよくある。吐き気が込み上げてきたときのために袋を用意して差し出すと、大輔の指が袋をかすめて田辺の手首を摑んだ。酔っぱらいの勘違いだと笑った田辺の手首が、そのまま、ぐいっと引き寄せられる。

「あや……」

アルコール臭が迫ったが、それよりも大輔の声が甘かった。吐息のように呼びかけられ、キスを許されたと認識する前にくちびるが触れ合う。

大輔からのキスだと思った瞬間、田辺はもう身を乗り出していた。シートベルトをはずして、大輔の首筋に指をあてがう。火照《ほて》った身体は少しの緊張もなく、田辺を受け入れた大輔がくちびるを開く。片手の指が田辺の手首を握り、もう片方が、シャツの襟をなぞる。

「ん……っ」

欲しがるように伸びてくる大輔の舌先は、甘いスポーツドリンクの味だ。熱っぽい息づかいにはアルコールの匂いが混じり、くちびるを軽く吸い上げて額を合わせた。

「酒気帯び運転になりそう」

笑って言うと、大輔はいかにも楽しそうに歯を見せた。

「キップ切ってやる」

「それは困るね……。帰ろうか」

いっそ、近くのラブホテルにしけ込みたい欲求に抗《あらが》い、田辺はできうる限りの平静を装う。場末の宿は、朝がうらぶれてさびしくなる。男同士となればなおさらだ。

だから、大輔がこのまま熟睡してしまっても、マンションで朝を迎えたかった。

「うん、帰ろう」

うなずく大輔が素直すぎて、田辺の内心は揺れる。やはり、酔った身体が惜しくなった。

大輔は帰り道で、きっと眠ってしまう。マンションに着いた頃には爆睡だ。起こしても起きず、引きずるようにして運び込まなければならない。

それはかまわなかったが、ほどよい深酒のいまなら思うようなセックスをしてくれそうで、欲が捨てきれずに心が揺らぐ。

しかし、大輔にとっては興味のないことだ。酔っているからこそ、田辺の欲望には無防備で、そっけない。

「……こんなとこに停めてると、職質かかるだろ。早くしろ」

カーステレオの電源を入れた大輔に肩を押される。交わしたばかりのキスが幻に思えてくるほど、声にも態度にも欲情の色がない。

田辺はため息をついて、サイドブレーキを解除する。くちびるについたスポーツドリンクの味を舌先で舐《な》め取り、よからぬ妄想は捨てて家路についた。

マンションへ向かう道すがらも、大輔は起きていた。窓に頭を預けながらカーステレオに合わせて歌い、ときおり、思い出したように笑う。今夜の飲み会がよほど楽しかったのだろう。

淡い嫉妬にかられ、気安く尋ねることができないまま、駐車場に車を停める。自分で車を降りた大輔の足取りは、合流したときとは比べものにならないほどしっかりしていた。

酔いが醒めたのかと思ったが、田辺を振り向いた瞳はまだぼんやりとしたままだ。

「迎えに来させて、悪かったな」

乗り込んだエレベーターの中でぼそりと言われ、入り口付近に立っていた田辺は小さな笑い声をこぼした。大輔らしい反省の仕方だ。

「なんだよ。笑うなよ」

背中をどんっと叩かれ、田辺はつんのめった。しかし、背中から腰に腕が伸びて引き戻される。叩かれたのではなく、大輔が抱きついてきたと理解するまで数秒かかった。

酔った大輔ならありえることだ。それでも、ぎゅっとしがみつくように腕を回され、田辺の心に火がつく。

「おまえ、なにしてた？　ひとりでメシ食ったの……？」

「仕事の仲間と行ったよ」

「俺と行くはずだった店に？」

自分からキャンセルしてきたくせに、大輔は不満げだ。普通なら指摘するところだが、田辺はしない。

自分の腰に回った腕を撫でながらうつむいた。

「行くわけないだろ。大輔さんと行きたくて予約した店なんだから。また今度、一緒に行こう」

嫉妬を確かめる余裕もなく、湧き起こる欲情をこらえた。かわいいことを言われると、腰が疼く。

しかし、大輔の発言なら、悪態にだって反応してしまうのも事実だ。要はなんだっていい。大輔の気持ちが自分に向いている実感があれば、田辺の胸は熱くなる。

「俺だって、楽しみにしてなかったわけじゃない」

大輔の額が、肩にぐりぐりと押し当たる。

「……うん。仲間内が揃うなんて、めったにないことだから、仕方がない。俺とは、いつでも会えるしね。……こうやって」

指をそっと摘《つ》まんで、手のひらで握る。太く骨張った男の指だ。女の華奢な細さとは、比べものにもならない。

それなのに、田辺にとっては愛《いと》おしくてたまらない指だ。

かつて、この指が、女の濡れた穴をまさぐったと思うと、嫉妬へ欲情が入り交じり、自分だけに関心を向けて欲しい独占欲が膨れあがる。

田辺は、特別になりたかった。いまよりも、もっと、これから、ずっと、大輔の特別でいたい。

「大輔さん、好きだよ」

好意を伝えて許される関係だと自覚して、田辺は溜飲《りゅういん》を下げる。こんなことが自分の支えになるとは思わなかった。

人の心は自由だ。好きになり、想いを伝えることも自由意志だ。なのに、大輔との関係においては、戸惑いを覚えるほど、口にするのが難しい言葉になる。

本心が伝わらなくてもいいとあきらめることの虚しさと、それでもいいから口にしたい情熱のはざまで、田辺の気持ちはどんどん大きくなっていったのだ。

最後には弾けて、跡形もなく消えるのではないかと危ぶんだこともある。

消えて欲しくないと願った自分の寂しさを、田辺はいまになってようやく、受け止め始めていた。

「……いつも、甘えてて……、ごめん」

大輔の息づかいで耳の裏をくすぐられ、田辺は肩をすくめて震えた。逃がすまいとする腕で胸を抱き寄せられ、乾いたくちびるが首筋に押し当たる。

「くすぐった……」

恥ずかしくなった大輔がふざけているのだと思ったが、エレベーターが止まっても身体は離れなかった。いつもならスッと逃げていくのに、今夜はしがみついたままだ。

「大輔さん」

呼びかけて、ドアを手で押さえた。もう片方の手をあげて、首筋に顔を埋めている大輔の髪に触れる。

「俺は、あんたを甘やかすのも好きだよ。……迎えに行くのは、俺の仕事だ。都合よく使われたなんて思ってない」

本当だよ、とささやき声で言って、髪に指をもぐらせる。

「誰かについていかれるより、よっぽどいい」

「誰か、って……？」

「友達のひとりとか……。泊めてやるって誘われるかもしれないだろ」

「行かねぇよ。おまえの部屋が一番、落ち着くんだから」

スッと離れた大輔が、エレベーターホールへ出ていく。

追いかけると、大輔は壁にもたれて待っていた。部屋の前のポーチの扉を開け、手のひらを差し向けた。戸惑いのないふりで返される指を握って、玄関のドアを開ける。

大輔を先に入らせて、鍵《かぎ》とチェーンの両方をかける。防犯のしっかりしたマンションだが、仕事柄、気を抜くことはできない性分だ。

「シャワーを浴びる？　風呂《ふろ》はやめた方がいいと思うけど」

玄関に置いたチェアに座って革靴の紐《ひも》を解きながら尋ねる。すでに玄関へ上がった大輔は、紐のない革靴だ。脱ぎ捨てられ、左右が別々に飛んでいる。

「寝ちゃうだろ、大輔さん」

靴を拾い集めて並べ、身を起こした瞬間、くちびるに感触がした。

「ん……っ」

声が奪われ、大輔の片手に腰を抱かれる。首筋を引き寄せる強引さと同時に、壁へ追い込まれた。

「ん……っ、はっ……」

大輔が息が弾ませ、くちびるを貪《むさぼ》ってくる。まだ酔っているのだろう。夢中になって吸いついてこられると、田辺の腰は即座に反応した。

「……キス魔、なの……っん……」

笑ってごまかし、胸を押しのけようとした手が、互いの身体に挟まれた。大輔がなおも迫ってくる。遊びのやりとりでないことは明白だ。

大輔から、これほど男らしくキスを求められたことがなく、田辺は戸惑った。もしかして、女と間違っているのではと不安になり、そんなことをいまさら考えてしまう自分にあきれる。エレベーターでのやりとりを思い出せば、はっきりとわかる。

大輔はちゃんと相手をわかっていて、盛り上がっている。されるがままの受け身ではなく、田辺のくちびるが欲しくて重ねているのだ。

「んっ……」

舌先がねじ込まれ、息継ぎさえ奪われた田辺の息が乱れる。間近にある大輔の目は薄く開き、挑むように笑う。

そこには確かな性欲があった。

「……大輔さん。香水の匂いがする」

コロンだろうか。すっきりと透明感のある花の匂いだ。

「野暮なこと、言うなよ」

苛《いら》立《だ》ったように言われ、両手で大輔の首筋を支えた。スナックのホステスにしては清楚な匂いだ。

「同期って、男ばっかり？」

「……そうだけど」

質問の意図を理解しない大輔の手が、田辺のシャツのボタンをはずしていく。

「髪を洗ってあげるよ、大輔さん。俺はもう、シャワーを浴びてるから」

嫉妬を隠して、瞳を覗き込む。面倒だと言わんばかりの顔をした大輔は、むっつりとくちびるを尖らせながら素直に身を引いた。

セックスをするなら、身体を清めるのがいいと思ったのだろう。

その場で潔く服を脱ぎ捨て、全裸でふらふらとバスルームに入っていく。引き締まった臀部《でんぶ》に見惚《みと》れてしまった田辺は、ドアから顔を出した大輔に促され、慌てて服を脱いだ。

下着をずらしたところで、じっと見つめてくる無遠慮な視線に気づく。

「勃《た》ってんの？」

いたずらっぽく笑う顔が少年めいて、まだ柔らかい場所がピクリと反応してしまう。田辺はあきれたふりで笑い返した。

「どうせ見るなら、もっと色っぽく見て欲しいな。同期のイチモツ比べじゃないんだから」

「んなこと、するか。バーカ」

ふいっと視線がそれ、大輔はまたバスルームへ消える。急いであとを追うと、自分でシャワーを出し、冷たい冷たいと騒いでいる声が聞こえた。

「大輔さん。ふざけたら危ないよ」

「だって、冷てぇし……」

そう言いながら、手のひらをシャワーに差し込む。もう温かくなっているのだろう。頭を突っ込んでわしゃわしゃと髪を濡らす。

「雨に降られたの？」

尋ねながら、洗い場のイスに座らせる。後ろからシャワーをあて、シャンプーを泡立てた。

「んー。ちょっとだけ。あ……、ビニ傘、忘れた。店に……」

まぁ、いっか、と続けて口を閉ざす。田辺がシャンプーを流す間は顔を伏せた。続けてトリートメントを塗りつけ、また流す。

最後まで終えると、顔をあげた大輔はぶるぶるっと豪快に頭を振る。まるで犬のような仕草だ。雫《しずく》を飛び散らせたかと思うと、指を差し込んで後ろへ撫でつける。

その後の行為はお互いに暗黙の了解だ。立ち上がった大輔が両手を壁につく。後ろからひっそりと身を寄せ、浴室に常備してあるローションを指に絡めてあてがう。

性的な行為に使う場所ではないすぼまりを指でなぞり、腰を抱き寄せる。突き出す格好になった大輔の背中にキスを落としながら、ローションを塗りつけた。指をゆっくりと入れていく。

「立ってるの、つらい？　……いいの？」

大輔からのキスを思い出せば、セックスに誘っても問題はないだろう。それでも確認したのは、相手が酔っているからだ。

「途中で寝てもいいから……。させて」

田辺は声にして誘う。キスで肌をたどり、肩に歯を立てる。同時にぐるっと指を動かした。

大輔の声がわずかに震え、熱い内壁がぎゅっと狭まる。

性感を得ている反応の艶《つや》っぽさに、田辺の本能が疼いた。

「……ベッド、行こう」

言い出したのは大輔だ。くるっと振り向き、身をよじらせて田辺の指から逃げる。シャワーで身体を流すと、さっさと浴室から出ていく。

半透明のドアの向こうで、水滴を拭っているのが見えた。

そっけないほどの潔さを、どう受け止めたらいいのか、田辺はほんのわずかに迷った。

顔からシャワーを浴び、全身を流す。ふたたびドアへ目を向けると、人影はすでに消えていた。

脱衣所に置いてあるバスローブを羽織り、腰紐を軽く結んで廊下へ出る。腰にバスタオルを巻いた大輔がキッチンから出てきて、水のボトルを手に、寝室へ入っていくところだった。

あまりに平然とした普段通りの振る舞いだ。田辺は落胆しながら納得した。髪を洗ってすっきりしてしまったのだろう。いやらしい気分は搔《か》き消え、もう眠たくなってしまったに違いない。激しいキスを始めたのは大輔だったが、相手は酔っぱらいだ。気が変わったことを責めても、自分の心の狭さが露見するだけで、いいことはなにもない。

あきらめようと思いながら、乾いたタオルを手にして寝室を覗く。ベッドの端に腰かけた大輔はボトルの水を飲んでいた。豪快な仕草がいかにも男らしい。

ぷはっと息を吐き、裸の腕で口元を拭う。

「なに、してんの?」

ドア枠にもたれている田辺に気づき、にやっと笑う。その表情は意地悪く、田辺の胸はちりっと焦げる。

欲情を放っておかれる男の立場になってくれと訴えたいのをこらえ、なにごともないような笑みを返した。

「……ふぅん」

「煽情《せんじょう》的だと思って。俺のベッドに、半裸のあんたがいる。最高だ」

大輔は気のない返事をした。水のボトルにフタをして、サイドテーブルに置く。

「来いよ」

思いがけず、両手が大きく開かれる。田辺は一瞬、戸惑った。まるで意味がわからない。女の子を呼ぶようで、子どもを呼ぶようで、なのにやはり、男同士の気安さだ。開いた両手だけが、声にそぐわない。

「……いいから、来いって」

上向きになった指がくいくいと動き、田辺は寝室のドアを閉めた。

空調の効いた部屋は、ほどよく冷えている。大輔の髪は湿っていたが、濡れていると言えるほどではなかった。

そばに近づくと、バスローブの紐を摑まれる。ぐいっと引かれた。仕草はおおざっぱで乱暴だが、怒る気にはなれない。

腰に抱きついてくる大輔は酔っぱらいだ。いつもと違うことをして田辺をからかっている。

「どうしたの、大輔さん」

湿った髪を指でくるくると巻き、軽く引っ張ってみた。必要なくなったタオルはベッド端へ投げ置く。

「どうもしねぇ」

大輔はやさぐれたように答え、田辺が着ているバスローブの紐をほどく。性的な雰囲気がしない指先は、リボン結びを引っ張る子どものようだ。いたずらで、無邪気で、かわいげがある。

それは、田辺だけが感じ取る、大輔の長所だ。

「パジャマを出すよ。ちょっと、待って」

せめて下着ぐらいは穿《は》かせておかないと、田辺の理性が危うい。自分と同じ男の身体には欲情しないが、大輔の体温にはすぐに翻弄《ほんろう》されてしまう。

一種の病気ではないかと思うが、これが恋の病なら治る見込みはまるでない。

「追い剝《は》ぎでもすると思ってんだろ」

大輔が不機嫌に言う。

「……着替えるのも面倒になってるんだろ？」

田辺の問いに、大輔は答えない。代わりに、バスローブが左右に開かれた。その下はなにも身につけていない。大輔の視線は、あからさまに股間《こかん》へ向かう。

「してやるから、座れよ」

「え？」

驚いた田辺の腕を引き、場所を譲ると、大輔はするりと床に下りて膝をつく。それから、田辺の両膝を割り開いた。

「大輔さん。いいよ。眠いんだろう……。こんな、宿代みたいなこと……」

そうは言ったが、握られるとすぐに反応してしまう。さらに息が吹きかかれば、押し戻す力も出ない。

「なんだ、それ。意味がわかんねぇ」

笑った息づかいに裏筋を刺激され、大輔の手のひらの中で肉茎がぐんと伸び上がった。

みっともないほど欲望に忠実だが、相手が大輔でなければ、これほどまで如実な反応は返さない。

「眠くないし、宿代じゃないし、……やりたいんだよ」

くちびるが先端に押し当たり、首を傾げるようにした大輔が視線を向けてくる。見下ろした田辺はひそやかに息を呑んだ。

戸惑っていると思われたくなくて平気なふりをしたが、動悸《どうき》の激しさは、そのまま、股間の疼きにすり替わる。

大輔の髪が膝に触れ、そのまま頭の重みがかかった。

「どこがいい？　俺とは違うだろ、おまえのイイとこ。……どこ？」

口調はいたずらっぽいのに、瞳は不安げだ。慣れないことをして、恥ずかしがっている。

そう思うと、田辺の成長は止められなくなってしまう。ビクビクと脈を打って膨らみ、自分の節操のなさに弱々しく微笑んだ。

「……どこだろうね。探してみてよ」

答える声が低くかすれ、息づかいに性欲が滲む。これまでも、田辺から頬へ手を添えて、昂《たか》ぶりの先端をくちびるに差し込めば、嫌がりながらもくわえてくれた。

そんな姿なら何度も見たけれど、大輔から積極的にしてくることはほとんどない。いまみたいに酒で酔っているなら、いっそう適当だ。

「……良かったら、言えよ？」

まつ毛を伏せた大輔がおずおずと舌を出す。濡れた肉片は艶めき、よく見ておこうと思う田辺を動揺させる。

張り詰めた亀頭に肉片があたり、濡れた感触が這《は》い回る。じわじわとした愛撫に晒《さら》され、田辺は深い息を吸い込んだ。腰が大きく震え、声が漏れる。

「いい？」

大輔は真剣だ。不安そうに見えていたのも、積極的な愛撫に対する羞恥《しゅうち》ではなかった。隠されているのは、確かな欲求だ。

田辺を見つめる大輔の股間も、首をもたげて欲情している。けれど、今夜は田辺を優先しようとしていた。

「……大輔さん。焦《じ》らさないで、欲しいな……」

酔いの残った目元を見つめ返し、指で大輔のくちびるを押す。そっと開かせる。

「もっとたくさん、舐めて。俺がしてあげるときみたいに」

そっとささやきかけると、大輔の両肩が引き上がった。浅い息づかいになぶられ、田辺は目を伏せる。先端が熱に包まれ、濡れた舌が絡む。ジュッと水音が立ち、後ろ手にのけぞった。腰がわずかに持ち上がり、大輔の柔らかな頬の肉を内側から突く。

ふとももの間に収まった大輔は、膝をついて身を乗り出した。根元を指で支え、大胆に口を開いて誘い込む。

「ん……」

田辺が感嘆の吐息を漏らすと、動きはさらに激しくなる。

鼻で息をする大輔は必死に見えた。田辺の肉を口いっぱいに頬張って、ぎこちなく髪を振り乱す。

酔いに任せているのだとしても、これまでとは異なる愛撫の仕草だ。田辺には、どんなささいなことでも違いがわかる。

勝ち負けや対等でいるための駆け引きではない純粋な愛欲を見せつけられ、天井を見上げた田辺は肩で息をする。伊達眼鏡をかけていない目元を押さえ、深い呼吸を繰り返す。

「大輔、さん……」

名前を呼んで、身を起こす。ちらりと見た大輔の股間は、さらに太さを増し、欲情はもう隠しようがない。舐めながら興奮しているのだと思うと、もうたまらなかった。

顔を押さえつけて腰を振りたい衝動に駆られ、バスローブの裾を摑んで耐える。主導権を握らなくても、大輔の激しさは快感だ。必死にしゃぶられ、田辺もまた、されるがままの快楽を貪る。息を弾ませていると、大輔が顔を離した。

「きもちいい？　ここ？」

指の輪が、段差の下あたりを摑んでこする。

「……んっ」

下腹を直撃した快感が、じわっと弾けて広がり、田辺は目を閉じて感じ入る。

大輔はゆっくりと手を動かし、息づかいに合わせて愛撫を続けた。握られた肉茎が生き物のように脈を打つと、滲んだ先走りを舐め取るように舌が這う。

それもまた絶妙な快感になり、奥歯を噛《か》んだ田辺は手を伸ばした。

「どうしたの。こんな積極的にして……。なんか、こわいな」

遠回しに不安を告げると、大輔が上目づかいに視線を向けてきた。それでも答えは返らない。手のひらで先端を撫で回し続けるだけだ。

「あ、それ……っ」

腰がビクンと反応して、田辺は声をあげた。

先走りが大輔の手のひらに広がり、ヌルヌルとした感触が気持ちいい。

「やらしい顔……。イケメンだから、よけいに卑猥《ひわい》に見える……」

大輔はうっすらと笑って目を伏せる。

「好きだから、してんだよ。……これじゃなくて、おまえのこと」

「そんなこと……」

言葉に煽《あお》られて、田辺の肉がまた太さを増す。熱のみなぎりに耐えかね、顔を歪《ゆが》めた。

指先でそっと大輔の髪を撫でる。出会った頃なら鷲掴《わしづか》みにして引き寄せることもできただろうが、いまはそんな乱暴さは好まない。

「もっと気持ちよくしてやる」

先端にチュッとキスをされ、また口淫が始まる。今度はもっと下品な音をさせ、あけすけに吸い上げられた。

大輔は恥ずかしげもなく息を乱し、田辺を喉奥まで誘い入れる。

「んっ……はっ……」

「無理しなくていいよ。そんなに、奥まで入れたら……えずくだろ。ほら、いいから……っ」

息を乱しながら、大輔の頬を撫でて腰を引く。

けれど、抜ける前に追われ、唾液《だえき》が溢《あふ》れた口の中に深々と含まれる。たどたどしい舌先が逃げ惑うように動き回り、田辺の胸は捉《とら》えどころなく掻き乱されていく。

愛情ゆえだと思うほどに、涙が込み上げそうな感慨が溢れ、めまいがする。

「おっき……、あご、疲れる……」

へらっと笑った大輔のあどけない表情が、田辺の胸の奥をえぐり、これまでとは違う恋の傷を作る。

こんなふうにされてしまったら、もう二度と手を離してやれない。

「ほら、いいから」

田辺は紳士ぶって、大輔を押しとどめた。自分で根元を掴み、半分ほどを隠す。

「なんでだよ」

「……もう、出そう」

「嘘ばっか」

もっとうまくやれると言いたげな大輔は、無邪気なほど得意げだ。

「酔ってるんだろ?」

その方がいいと思って田辺は尋ねた。

「酔ってたら、嬉しくない?」

大輔は困ったように答える。

「したくてしてるんだけど、ダメ? 俺だって、気持ちよくしてやりたい」

「……どうしたんだよ、本当に」

なおも先端を舐めようとする大輔の額を押し戻し、田辺は逃げるように床へ滑り下りた。

「嬉しいけど、心配になる。……なにか、言われた? こんなことをしなくても、俺は大輔さんが好きだよ」

薄暗い部屋の中で、瞳を覗き込む。大輔は不満げにくちびるを尖らせ、口元に溢れた唾液を手の甲で拭った。

「俺だって、そうだよ。……おまえの身体のこと、もっと知りたい」

そっぽ向いて言った横顔は、すさまじい破壊力だ。

たまらずに肩を掴むと、振りほどかれる。身を投げ出すように飛び込んできた大輔に抱き寄せられ、あっという間に膝の上に乗られた。男の身体はずっしりと重く、突き飛ばしでもしない限り、身動きが取れない。

大輔の両手に頬を挟まれ、瞳の中をまさぐるような視線に囚われる。

「……酔ってんだろ、俺。たぶん、酔ってんだよ。だから、したくてたまんない」

そう言いながら押しつけられた腰は、男の徴《しるし》が天を突くように伸び上がっていた。

苦しげな浅い息を繰り返し、胸を寄せてきた大輔が腰を緩やかに動かし、田辺の腹に線を描く。先端から溢れた先走りが濡れた感触を残す。

「こういうの、おまえ、イヤ？　黙って転がってんのが好みなら……」

「……そういうのが好きなら、あんたを選ばない。いまさら、弱気なことを言って……。俺の気を引いてるの？」

「……引きたい。おまえと、セックスがしたい」

ぼそりと言った声は甘く、そして真摯《しんし》に怯《おび》えている。

「大輔さんは、ちゃんと、俺を、その気にさせてる。……でも、わかってる？　そんなことを言ったらね、手加減しないで抱くよ。酔ってるなんて言い訳は聞かない。……俺のこと、ちゃんと受け止めてくれるなら、本気で、もっと好きになる」

「俺のことが好きですするなら、手加減なんて、いい……」

田辺の頬に自分の頬を押しあて、大輔が息をつく。

甘くけだるい息づかいに突き動かされ、田辺は大輔を抱き寄せた。逞しいふとももを撫で、震える腰からわき腹をたどる。それから、胸の小さな突起に行き着く。

「やらしいフェラチオだった。すごく、よかった……」

くちびるに息を吹きかけ、柔らかく立ち上がった尖りを押し込む。

「ふっ……ぅ」

「大輔さん、どうして、ここ、勃起《ぼっき》してるの？　下と同じぐらいにコリコリしている。俺のを舐めながら、興奮してた？」

「ん……」

黙って、こくこくとうなずく。

「キスしてくれる？　俺は、こっちをこねてるから」

両方の乳首を指の腹で優しくこすり、同時にくちびるを突き出す。

「あっ……ッ」

大輔の声が低くかすれ、腰が小さく跳ねる。くちびるが触れ合った。

「ん、ん……。あや……」

田辺の首を両手で支え、乳首をいじられている大輔は、たどたどしくキスを繰り返す。

「くっ……んっ。そんな、に……すんな……」

息が乱れ、感じきった顔で身をよじる。

「どうして？」

「どう……って……あ、あっ、……はっ……ぁ」

小さな突起を優しく指に挟み、そっと刺激を与える。声を漏らし始めた大輔は、しきりと身をよじり、キスをしようとくちびるを重ねては大きく息を吸い込み直す。

「あぅ……っ。う……いい、いっ……あ、あっ」

「まだ、ダメだ。繋がってから、一緒にイこう……。ね？　いいだろ？」

耳にけだるくささやき、膝から降りるように促す。サイドテーブルから出したローションを手に、横長のクッションを床に置いた。その上へバスローブをかけ、ベッドにすがる格好で大輔を膝立ちにさせる。

後ろから忍び寄り、ローションを絡めた指をスリットに押し当てた。バスルームで中を確かめた名残で、すぼまりはまだ柔らかい。

「……吸いつくみたいだ。自分でわかる？」

「んっ……ん」

恥ずかしさに嫌がると、さらに、きゅっとすぼまる。濡れた指の腹がシワに食《は》まれ、押し込むと弾力に押し返される。

「欲しがってるの？　それとも、嫌がってる？」

小さく引き締まった尻の肉を片側だけ割り開き、指を出し入れしながら問いかけた。薄掛けの夏布団に上半身を預けた身体は、羞恥だけではない期待感で火照り出す。

やがて緩んでいくすぼまりの中心に深く指を差し込むと、絡んでくる肉の熱さを感じる。

「ん……っ」

大輔の吐息がくぐもる。指をねじ入れた田辺は、しっとり汗ばむ背中をくちびるでたどり、筋肉をまとった肩甲骨あたりに吸いつく。指を飲み込んだ後ろがまた締まる。

けれど、次の瞬間にはつぼみが開くようにほころんだ。

田辺は焦らずに愛撫を繰り返した。指を増やして、内側から押し広げていく。ほかの男を知らない身体は、田辺が与える快感だけをなぞっているのだろう。期待しているような動きで、艶《なま》めかしいさざ波を肌に繰り返す。

指を出し入れするたびに濡れた音が響き、大輔の息はいっそう乱れていく。

「今夜はすごく感じたいから、いやらしい声をいっぱい聞かせてくれる？」

背中に覆いかぶさって、身体を重ね、耳元をたっぷりと舐め上げる。シャワーで流したばかりの身体は、他人のコロンを微塵も感じさせず、甘酸っぱい大輔の匂いだけが濃厚だ。

フェラチオされるよりも深い興奮を覚え、後ろから胸に手を伸ばした。

「はぅ……っ」

突起を探し当て、くすぐりながら、後ろに収めた指を大きく開く。三本目を差し込み、濡れ具合を確かめるようにぐりっと動かす。

「んー、んっ……ッ！」

大輔の両手がシーツを摑み、腰がゆらゆらと揺れる。

「はっ……ぁ、ん……」

「ねぇ、大輔さん。声は？」

せいいっぱいに甘く、優しく、ねだるようにささやきかける。

「ん……。な、に……が」

浅い息で快感に震えながら、大輔は生々しく喉を鳴らす。

「酔った勢いで乱れてもいいんじゃない？　たまには、俺のことを試すぐらい、声にして」

「……おまえが、気持ちよく、なるなら……」

両肘でシーツを押し返して顔を向けてきた大輔の目は、もうしっとりと潤んでいた。女とはまるで違い、欲情は硬質で、直情的だ。

「じゃあ、おいで」

大輔の上半身を引き上げ、掛け布団を剝いで横たわらせる。

「足を開いて……」

ゴムをつけ、ローションを塗り込みながら声をかける。視線を向けると、顔を背けた大輔の足が引き上がった。尻はベッドの端にあり、そこから下りていた膝の裏を自分で抱えてみせる。

「それで挿《い》れる？　膝を開かないと……」

「……注文が多い」

ちらっと向けられる拗ねた表情に、田辺の胸が疼く。興奮と愛しさが混じり合い、なによりも嬉しさを感じながら身を屈める。

大輔の脛《すね》にくちびるを押し当て、膝をゆっくりと左右に開いた。

「大輔さん。……ちょうだい、って言ってみる？」

ほんのいたずら心でささやくと、自分の足を抱えた大輔は顔を背けた。

「……ちょーだい」

まるきりの棒読みだった。しかし、大輔の表情は拗ねても照れてもいない。

「……はやく」

焦れた息づかいで誘われ、田辺は素直に身を寄せた。ベッドの上の小さいクッションを引き寄せ、大輔の腰の下に押し込む。

逸《はや》る気持ちに急《せ》かされ、開かれたスリットの奥へ自分自身を掴んであてがう。ぐっと押し当たっただけで、大輔は喘《あえ》ぐようにあごを持ちあげる。しっとりと濡れた肌が艶めかしく見え、田辺は抑えようもなく猛《たけ》った。

指で掻き分け、先端を押し込む。ぐぐっと圧がかかり、大輔が浅い息を繰り返す。

突き立てた先端がめり込み、薄いゴム一枚を隔てた熱に包まれていく。田辺も短く息を吐いた。みっしりと絡みついてくる肉壁を貫くだけで、理性が解けていくような快感がある。

「……ぅ、ふっ……」

大輔の息づかいで我に返り、中ほどまで差し込んだ腰をゆるく動かしてみた。振動が伝わり、大輔の声が乱れる。

「あぁ……ぁ、あっ……」

「きつい？」

歪んだ表情を見下ろしながら、大輔の身体のそばに腕を置く。

「う……ぁ、はい、って……く、る……っ、ん……」

足を抱えた大輔の谷間は上向きに広がり、田辺の押し込む杭《くい》が体重に任せてめり込んでいく。ベッドのきわに足を預けて深度をコントロールしながら、ときおり抜き差しをして馴染ませる。

そのたびに大輔はのけぞるように背中をそらし、はぁはぁと荒い息を繰り返す。苦しがるのは当然だ。男の昂ぶりを、やすやすと受け入れられる場所ではない。

「はっ……ぁ」

「ほぐし足りなかった？」

いつもよりも荒い息づかいに、田辺は動きを止めた。嘘を見抜こうと顔を覗き込み、額にかかった髪を掻き分ける。

「ちがっ……ぁ」

喉の奥で小さく呼吸を引きつらせ、大輔は喘ぎながら答えた。

「きもち、いい。ふと、くて……、ん……っ」

気がついたときにはくちびるを塞《ふさ》いでいた。もっと聞かせて欲しいと思いながら、キスがしたくてたまらなくなる。

「きもち、い……っ、いいっ……ん、ん……」

交わすくちびるが離れる隙《すき》に、大輔が繰り返す。うわごとのような喘ぎに煽られ、田辺は腰を揺すった。濡れた肉襞《にくひだ》が抗うように絡みついてすぼまり、浅く深く抜き差しを繰り返す。

「ん、ん……っ」

昂ぶりは深々と大輔の肉を貫いていく。

「大輔さん……、大輔さん」

何度も呼びかけ、汗でこめかみにキスをする。

「ん、くっ……、ん、んっ……激し……ぃ……あっ、あっ」

翻弄された声を振り絞った大輔は、抱き寄せた自分の片膝に頬をすり寄せ、逃げようとする。

わかっていながら、田辺は腰をさらに揺する。

「もっと、入っていい？　苦しい？」

ハッと息を呑んだ大輔の視線が向く。とろりと溶けたように揺らいだ瞳が、それでも熱を帯びる。

激しい息づかいに胸を弾ませながら、片手が膝を離れた。田辺の腕を押さえ、たどるようにして首筋に絡む。

「……来いよ」

幻のようにかすれた声に誘われ、田辺は目を細めた。大輔を追い込むように覆いかぶさる。

汗ばんだ互いの肌が触れ合い、大輔の息が田辺の耳へふきかかる。

「あっ、あ……奥まで……っ、きてる……っ。あ、あっ……あぁっ」

大輔の腰がよじれ、自分から押しつけるように動く。淫《みだ》らに欲しがるさまに、田辺は燃え立つような欲情を覚える。

抱き潰《つぶ》してしまいたいと願う激しさに襲われ、腰をぐんと強く突き出す。

「あっ……！」

ずくりと勢いよく貫き、腰を振る。そのまま、上半身を起こし、膝の上に乗った大輔の腰を両手で摑んだ。

「いやらしいね。こんなに、して。腰が動いてる……。いやらしくて、気持ちいいよ。大輔さん。もっと、いやらしく動かして……？」

言葉を重ねながら腰を振ると、両手を投げ出した大輔は跳ねるように背中をそらした。摑むモノを探し、なにも見つけられずに田辺の膝を指先で搔く。

「あっ、あっ」

「もっと欲しい？　好きなところ、どこ？　どんなふうに突いて欲しい？」

「そこ、そこ……やらしく……。あ、はぁっ……あ、あっ……っ！　ん、んんっ」

激しい動きに声が途切れ、ときどきに吸い込む息も細く刻まれる。田辺は激しく腰を使い、大輔を追い込んだ。

すべてをさらけ出して快感に溺れる姿を見せつけられ、冷静でいることはできない。低く唸るような声をあげて身悶《みもだ》える大輔の媚態《びたい》に夢中になり、もっともっと喘がせたくて、いっそう激しく腰を動かす。

「んっ、ん……。あや、あや……あ、あっ……」

シーツを搔き乱す手が差し伸ばされ、

「来て……、きて……っ……もっとっ……」

大輔の腰を摑む田辺の手首に絡む。

「大輔さん……」

手のひらを返して、指を握った。その瞬間、大輔が痙攣《けいれん》したように大きく背をそらした。深く差し込んだ田辺の肉がぎゅっと締めつけられ、揉みくちゃにされる。

思わず息を呑み、身を屈めてやり過ごしたが、内部の痙攣は止まらなかった。

存分に味わったあとで、大輔の背中に腕を回して抱き寄せる。

そのまま力任せに抱き起こすと、

「う、わっ……」

大輔が目を白黒させて驚いた。

「やめ……」

「ダメ」

一言で却下して、崩した足の上に座らせる。繋がったままの対面座位に驚いた大輔は、田辺の肩に腕を置いて腰を浮かせる。

「そのまま、ゆっくり……おいで。そう……」

無理に突き上げず、大輔の呼吸が整うのを待ちながら、腰をそっと引き寄せる。

「ん……ふぁっ……ふ、かっ……」

ふるふると震えたくちびるにキスをして、汗で貼りついた大輔の髪を後ろへと撫でてあげた。それから、自分の髪も片手でかきあげる。

すると、大輔の腰がぎこちなく揺れた。

「……ん、はっ……」

腰の位置を変えようとして、快感を得たのだろう。逃げようとしても、身を任せようとしても、快感が続く体位だ。

「あ、あぁっ、ん……い、いい……っ」

戸惑うことをあきらめて田辺の首にしがみつくと、大輔は目を閉じて顔を伏せた。

「あ、あっ……ん、はっ……ん」

心地よさそうな息づかいを響かせ、少しずつ大胆に腰を使い出す。

それは田辺にとってもダイレクトな快感で、うっかりすると絞り出されそうになってしまう。

だから、ときどきリズムを崩すように大輔を揺すりあげる。

「んっ……ぁ」

「大輔さん。気持ちいいの？」

「ん……、すっげ、いい……。おまえの、すごい、かたい……。やらしい……。あ、あっ……」

顔を覗き込んできた大輔が、とろけるような笑顔を見せる。無自覚な仕草に悩殺された田辺は大輔を抱き寄せた。

逃れようと伸び上がる大輔を逃がさずに、腰をがっちりと押さえ、激しく突き上げる。

「あぁ、大輔さん……。中、すごい……うねって……」

「あっ、あっ……っ」

片手で田辺の肩にしがみつく大輔の声が乱れ、荒い息が淫らに弾む。ふたりの身体は一気に汗ばみ、快楽を分かち合うように濡れていく。

「すごく、きもちいい……。ね、大輔さん。俺、もうイキそう……」

「おれ、も……、いく、……いく」

二人の間に手を差し込んだ大輔は、自分の性器を握りしめた。

「あ、あ、あ……っ、い、く……っ」

田辺の突き上げに合わせて手が動き、大輔は恍惚《こうこう》の表情であごをそらした。ひゅっと吸い込んだ息が止まり、喉がさらけ出される。

田辺はくちびるを押し当てた。

互いの身体にぐっと力がこもり、腰の動きだけが止まらない。やがて、解放の一瞬がやってきて、生温かい体液が溢れ出す。

「はぁっ……はっ……」

大輔が息をつき、片手で田辺の肩を抱いた。精液で濡れた手は、ふたりの間から遠ざかる。

田辺はすかさず摑んで指を絡めた。汚れるとは思わない。

「……最高だ。最高に気持ちよかった」

ささやいて、顔を寄せると、はにかんだ大輔も近づいてくる。くちびるを押しつけ合って、まだ整いきらない呼吸を感じた。

田辺は目を閉じず、小刻みに震える大輔の目元をつくづくと眺める。

「見んなよ、やらしいな」

そう言って頰をゆるめる大輔は潔い。田辺の欲望を受け止め、さらりと笑う。

「もう一度、シャワーだね」

笑いかけると、膝にまたがっている大輔がくちびるを尖らせた。

「野暮だな……。もうちょっと、このままでいさせろ」

頰が肩に押し当たり、手のひらを合わせて絡めた指の力が強くなる。

「……大輔さん、ゴムを替えてもいい？」

小刻みな笑い声に刺激され、田辺の腰はまた熱を取り戻す。

「俺、今度は後ろからがいいな」

さらりと答えた大輔は、見つけ出したタオルで手を拭い、後ろ手に倒れて離れる。

「ん……ぅ……」

抜けていく感覚に深い息をつき、田辺と目が合った瞬間ににやりと笑う。照れ隠しの微笑みは、人が悪い表情だ。

けれど、田辺にはたまらなくかわいいと思える。恋をしているから、大輔のささいな仕草もすべてが愛しい。

「大輔さん、まだ酔ってる？」

問いかけると、指先が田辺についているゴムの処理をしようと伸びてくる。

「どう思う？　俺はさ、都合がよければ、どっちでもいい」

男らしく不遜《ふそん》げな表情でキスをされ、田辺は指先で胸をたどった。小さな突起は、柔らかく膨らんでいる。

「俺も、どっちでもいい。あんたがかわいいことに違いはない」

差し出した舌先に吸いつく大輔を愛撫しながら、熱の冷めきらない互いの欲望に寄り添う。

夜が終わるまで、まだたっぷりと時間があった。

＊＊＊

携帯電話のアラームを遠くに聞き、浅い眠りから目覚めた田辺は起き上がった。携帯電話が手元になく、あたりを見回す。

広いベッドの真ん中には、枕《まくら》を抱きかかえた大輔が頭を向こうにして、うつ伏せに転がっている。眠ったときはまっすぐだったはずだが、布団を蹴飛《けと》ばし、シーツの上を下着一枚で横切っていた。暑くて離れたのに、足先で田辺を探した結果だ。

夜中に何回も蹴飛ばされ、最後は足首を握って眠った。

大輔はまだ深い眠りの中だ。朝の光が差し込む部屋に、のんきないびきが響く。引き締まった背中が穏やかに上下している。

タオルケットを引っ張り、大輔の身体にかけてからベッドを下りた。鳴りっぱなしの携帯電話は廊下だ。脱いだ服にまぎれて落ちている。

探し出してアラームを切ると、着信があったことを知らせる表示が目に入ってきた。かかってきたのは前日の深夜で、相手は悠護だ。

着信が一度しか残されていないので、急用ではないだろう。

脱ぎ散らかした服はそのままにして、バスルームへ入る。洗面台で顔を洗い、思い立って風呂を用意する。それからヒゲを剃《そ》って、髪を整える。

服を着替えて、キッチンへ入り、鍋《なべ》に水を入れた。冷蔵庫で冷やした炭酸水を飲みながら、小袋のパックになっている鰹節《かつおぶし》で出汁《だし》を取り、冷凍のしじみを使って味噌汁を作る。

火を止めてからキッチンを出て、携帯電話と炭酸水のボトルを手にしてリビングを横切った。

淡いラベンダーカラーのレースカーテンの向こうでは、夏の名残が眩しく弾けている。日差しは夏だが、水色の空は秋の気配で薄く澄み渡っていた。昨日の夜のひと雨が、夏のけだるさを洗い流してしまったようだ。

掃き出し窓を開けて、携帯電話のリダイヤルを押す。時刻はすでに午前中の真っ只中《ただなか》だ。昼にはまだ早い。

回線が繋がり、名前を名乗らない応対が返る。悠護だとわかったが、まだ眠っていたらしく、かすれた小声だ。

「かけ直しましょうか」

『いや、いい……。そろそろ起きる。一日が無駄になりそうだ』

「ご予定はないんですか」

『おまえはなにすんの？　週末だろ。暇なら……』

「いえ、今日は予定があります」

『暇だろぉ……？』

「いいえ。先約がありますので」

不満げな悠護に対して、毅然《きぜん》と答える。大輔の貴重な休日だ。岩下以外の呼び出しでは動きたくない。

『岩下の誘いなら断らないんだろうな』

図星を突いてくる悠護の指摘にも、しらっと答えた。

「それは仕事ですから。皐月さんはどうされるんですか。ショッピングの付き添いは、今日でなければいつでも予定を合わせます」

『そこまで言われると、絶対に今日がいいって言いたくなるんだけど。なに、オンナなの？　そういや、おまえに特別な相手ができたって噂を聞いたな』

「誰からですか」

『そりゃ、あっちこっちから』

意地悪く笑った悠護が大きなあくびをこぼす。

『皐月の件は、伝えておく。悪いな、子どものお守りをさせて。……カノジョの機嫌が悪くなるんじゃねぇの？』

「子どもと出かけたところで……」

静かに笑い、ベランダの向こうの景色を眺める。

『皐月には言うなよ。多感な年頃ってやつだ。また連絡するよ。……カノジョ、家に泊まってんの？』

ゲスの勘ぐりに付き合う暇はない。ろくな挨拶《あいさつ》もせずに電話を切った。

掃き出し窓を網戸にしたままでリビングに戻ると、下着姿の大輔が姿を現す。重たい足取りで、ふらふらと入ってくる。

「起こせよ……」

不満げな声に両手を広げ、受け止めるように抱き寄せる。寝起きの大輔は嫌がりもせず、田辺の柔らかいカットソーに頬を押しつけた。

「どこにいるのかと思った」

「俺が？」

「……俺が」

男の体重がずんっとのしかかり、田辺は片足を下げて耐える。

まだ田辺の寝室の天井に見慣れず、酔って行き倒れたと驚いたのだろう。

「やっぱり、酔ってたの？　記憶はある？」

こめかみにそっとくちびるを押し当てると、髪にシャンプーの匂いが残っていた。田辺と同じ香りだ。

胸の奥がジンと痺れて、強く抱きしめそうになってしまう腕を故意にゆるめる。

顔を覗き込もうとしたが許されず、大輔はあごを引いた。

「おまえが迎えに来たのはなんとなく。スナックで騒いだのも……。あれ？　誰と遊んだっけ」

ふいに黙り、うぅんと唸る。

「同期じゃないの？　そう言ってたけど」

「ん？　ん？　あいつら、いたかな……」

ぼそりとつぶやき、考えるのがイヤになったように首を振る。

「焼酎、飲みすぎた」

「お風呂に入ったら？　先に味噌汁でも飲む？」

素直にもたれかかってくる身体をそっと抱き、うなじをゆっくりと撫でる。

「あぁ、このいい匂い、味噌汁か……。飲んでから、風呂に入る」

「じゃあ、ソファで待っていて」

身体を離し、頬を両手で包んで鼻先にキスをする。

「おまえな……」

鼻の頭を押さえた大輔に肩を押しのけられ、田辺はわざとらしくキザに肩をすくめた。

「オンナにするみたいに」

そう言われて、腰を抱き寄せる。

「女にだって、こんなこと、したことないよ。……商売以外では」

大輔の瞳を見つめ、顔を近づける。大輔からキスをして欲しかった。寸前で止めて待つと、弾力のある乾いたくちびるが押し当たった。

「大輔さんは、こういうキスをしてあげるの？」

「……おまえみたいなことは言わない」

怒ったような声であごをそらし、逃げていく。足取りはやはりフラフラとしていて、まだ酒が抜けきっていない。

キスをした息づかいにも、アルコール臭が感じられたぐらいだ。

「今日は家でのんびりしてる？　ずいぶん、ハメをはずしたんだろ」

しじみの味噌汁を、持ち手付きのスープカップに入れて運ぶ。ソファの上であぐらを組んだ大輔は、テレビの電源を入れずにリモコンをテーブルへ戻した。

「……おまえのせいだろ」

責めるような口調は照れ隠しだ。向けられた流し目には性的なニュアンスがある。田辺は大輔の斜め前のカウチへ腰かけた。

「大輔さんだよ。あんなにされて我慢できるほど、できた人間じゃない」

「あんなに、って……。そんなことはしてない」

覚えていないそぶりの大輔を、田辺は問い詰めなかった。野暮なことは言わないで、わざと逃がす。

「気持ちよかったよ」

それだけを言ってスープカップを差し出す。受け取った大輔の視線が窓辺で揺れるカーテンへ流れた。

終わっていく夏を感じさせる光が淡いラベンダーを透かして差し込み、流れ込む風には次の季節が混じっている。

「今日さ……。葉山《はやま》あたりに行こうぜ。またプリンが食べたい」

屈託のない笑顔を向けられ、田辺はすぐに返事ができない。

前髪に変な癖をつけたまま、パンツ一枚の大輔はまるで無邪気だ。安心してくつろいでいる姿には、長く付き合ってきたような雰囲気があった。きっと同期の友人たちよりも、もっともっと親しげだろう。

けれど、ふたりは友人ではない。

大輔の身体にはいくつかの鬱血《うっけつ》の痕《あと》が散り、見つめているだけで、腕が、足が、腰が、どんなふうに自分を求めてくるかを思い出せる。妄想ではなく、確かな記憶だ。

笑いかけてくるくちびるは、昨晩の田辺を喜ばせようと下半身を這い回っていた。濡れた舌先の艶めかしい感触を思い出し、田辺はひっそりと息を吸い込んだ。

「大輔さん」

呼びかけると、笑顔をそのままに、大輔は首を傾げた。そして言う。

「俺が運転するから、おまえは乗ってればいいよ。一番高いプレートを食わしてやる」

甘いものが好きなのは、田辺よりも大輔だ。けれど、訂正はしなかった。デートに連れ出し、奢《おご》ることで満足するなら、今日は役割を譲ってもいい。

大輔が好きなモノは、田辺も好きになる。プリンも、野球も、そうだ。喜ぶ顔を見るのが嬉しいから、少しずつ共通項を増やしていく。

「大輔さん、腰がつらいんじゃない?」

2ラウンドめのバックスタイルは、最初よりも歯止めが利かなかった。求めてくる大輔の声に煽られ、腹の減った動物のようにがっついた自覚がある。

「……おまえ、思い出すなよ。いやらしい目をすんな」

「だってさ、いやらしかったんだよ。あんたが」

「エッチするときは、誰だってやらしいだよ。俺だけじゃない」

そう言った大輔は片頬を引き上げ、ひょいと肩をすくめてテレビのリモコンを手に取った。電源をつけてからカップにくちびるをつける。ずずっと吸い込んで、深々と息を吐く。

「あや」

自分だけの呼び名で田辺を呼んだ。

「おまえだって、エロかった」

昨晩の痴態を思い出す顔に羞恥はない。ごく当然の行為だと言わんばかりの表情をして、ちょいちょいと指先で田辺を呼ぶ。

身を傾けて近づくと、大輔は自分のくちびるに指先で触れた。

そして、その指で田辺のくちびるを押す。

「反則……」

かわいい間接キスに、田辺はうつむいた。身悶えたいのをこらえて肩を揺らす。

前髪が明後日《あさって》の方向に飛んでいても、大輔は目が覚めるほどに男前だ。

思春期でさえ、これほどときめいたことはないと思いながら、田辺は我慢できずに場所を移動した。大輔の隣に座る。

「バカ……。俺は味噌汁を……。ちょっとは我慢しろよ」

「無理だろ。絶対に、無理」

カップをもぎ取ってテーブルへ置き、抱き寄せながらキスをする。肘を掴んで促すと、大輔の手は素直に田辺の首に絡んだ。

ひとしきりのキスに、テレビの音は届かなかった。

あとがき

こんにちは、高月紅葉です。

刑事に×××シリーズの文庫第四弾『刑事に悩める恋の色』をお届けします。

溺愛。田辺の溺愛が炸裂です。書き下ろしでは、さらに加速しました。

そして、大滝悠護&岡崎皐月のニアミス登場です。作中にも書きましたが、悠護こと『ゴーちゃん』は、岩下周平が若頭補佐を務める大滝組の、組長さんの息子。仁義なき嫁シリーズでは『海風編』初登場。

皐月は、悠護の実姉が未婚の母として産んだ長子で、大滝組若頭（岩下周平の兄貴分）の岡崎は義理の父です。仁嫁シリーズでは『緑陰編』が初登場。弟があとふたりいます。長い間、岩下周平に片想いしていたのですが『緑陰編』で出会った彼に片想い中。本文にも出てきましたが、岩下の舎弟・石垣保くんです。このふたりが今後、どうなるのかは未定……。どうなるんでしょうね。皐月はけっこう押しが強いから……。

悠護は今後の鍵となるキャラですが、皐月は完全なゲストキャラとして書きました。悠護もなにをするわけではない気がするけれど……待て次号……よろしくお願いします。

仁義なき嫁シリーズも、よろしくどうぞ。周平と佐和紀も、違った雰囲気の溺愛カップルです。こちらではブラック岩下ですが、向こうではホワイト周平なので。

最後に、本作の出版に携わってくださった皆様に感謝を。

いつも楽しみに待っていてくださるあなたにも最大限に、ありがとうございます。

そして、なにげなく手に取った読んでくださったあなたには「はじめまして」と「よろしければ、『刑事に甘やかしの邪恋』『刑事に口説きの純愛』『刑事にキケンな横恋慕』もどうぞ……」と心からお願い申し上げます。

時節柄、外出もままならない毎日ですが、田辺の溺愛がみなさんの日常を甘く潤してくれることを願います。

感想も是非、お聞かせください。また次も、お目にかかれますように。

高月紅葉

刑事に悩める恋の色：電子書籍に加筆修正
夏の終わりの通り雨：書き下ろし

ラルーナ文庫

この本を読んでのご意見・ご感想・ファンレターなどお待ちしております。〒111-0036 東京都台東区松が谷1-4-6-303 株式会社シーラボ「ラルーナ文庫編集部」気付でお送りください。

刑事《けいじ》に悩《なや》める恋《こい》の色《いろ》

2021年5月7日 第1刷発行

著　　　者｜高月《こうづき》 紅葉《もみじ》
装丁・DTP｜萩原 七唱
発　行　人｜曺 仁警
発　行　所｜株式会社 シーラボ
〒111-0036　東京都台東区松が谷1-4-6-303
電話　03-5830-3474／FAX　03-5830-3574
http://lalunabunko.com
発　売　元｜株式会社 三交社（共同出版社・流通責任出版社）
〒110-0016　東京都台東区台東4-20-9　大仙柴田ビル2階
電話　03-5826-4424／FAX　03-5826-4425
印刷・製本｜中央精版印刷株式会社

ISBN978-4-8155-3256-7

LaLuna

毎月20日発売！ラルーナ文庫 絶賛発売中！

刑事に甘やかしの邪恋

高月紅葉 | イラスト：小山田あみ

インテリヤクザ×刑事。組の情報と交換に
セックスを強要され、いつしか深みにハマり。

定価：本体700円＋税

三交社